# La Déesse de l'île

Mon cœur bat la chamade à chaque fois que je suis près d'elle

Pére Lolo

LA DÉESSE DE L'ÎLE

**First edition. May 12, 2024.**



ISBN: 979-8224553990

Written by Père Lolo.

# Also by Père Lolo

Échos de passion
Une épouse pour un milliardaire
Le Passager Clandestin
Mauvais avec l'amour
Steve du Nouvel An
Ma Violente Valentine
La Déesse de l'île
Réclamer sa Propriété

**Sarah Watkins :**

La perte fait partie intégrante de ma vie. Je me suis perdu, mon mari et mon estime de soi. Ces vacances sont ma chance d'essayer de reprendre mes esprits, d'essayer de comprendre ce que je vais faire de moi maintenant que je suis seul.

Dès que j'arrive sur l'île, elle me semble étrangement familière, belle. On se sent en sécurité. Comme à la maison.

Et c'est là que je rencontre Léon. Léon magnifique, protecteur et sexy, qui me donne l'impression que mon âme est en feu, assoiffée de quelque chose que lui seul peut fournir.

Mais je ne peux pas laisser un autre homme prendre le contrôle de ma vie. Je ne peux pas me perdre à nouveau face à un autre amour qui veut me contrôler.

**Leon Marsden :**

C'est une déesse du feu. Une beauté comme je n'en ai jamais rencontrée et mon cœur bat la chamade à chaque fois que je suis près d'elle.

Mais elle n'est aussi qu'une touriste et elle va partir. Je ne peux pas me laisser emporter par ce qui se passe ici.

Plus facile à dire qu'à faire quand chaque contact, chaque regard détruit ma maîtrise de soi jusqu'à ce que je ne puisse plus m'éloigner d'elle. J'ai besoin d'elle comme j'ai besoin de souffle dans mon corps.

Mais elle a besoin de bien plus que moi. Elle a besoin de liberté, elle a besoin de contrôler son propre destin. Je me sens tomber amoureux d'elle mais je sais que je dois la laisser partir. Laissez-la déployer ses ailes et voler.

Même si c'est loin de moi.

# CHAPITRE 1

Sarah

L'air chaud de l'île me fait transpirer en quelques secondes alors que je sors du terminal de l'aéroport et sur le trottoir. Le corsage de ma robe droite me colle comme un saran et je souffle en repoussant mes cheveux de mon front.

Une voiture s'arrête à côté de moi et un homme baisse la vitre du véhicule climatisé. « Hé, madame ! Vous avez besoin d'un tour.

Je ferme les yeux de soulagement. Traînant ma lourde valise, je me traîne et me penche plus près de l'air céleste qui sort par la fenêtre. "Je fais. Je vais au Paradise Beach Hotel.

Il fronce le nez. "Es-tu sûr que c'est là que tu veux aller ?"

"Je suis. J'ai une réservation là-bas.

Il soupire et déverrouille les portes, sautant pour ouvrir le couvercle du coffre. "D'accord. Donne-moi ton sac et je le récupère. Montez sur la banquette arrière.

Avec soulagement, j'ouvre la porte arrière et grimpe à l'intérieur, essayant de m'empêcher de frissonner lorsque l'intérieur en cuir heurte l'arrière de mes jambes fumantes. Frissonnant, je me recroqueville sur moi-même. Il fait putain de chaud mais pas ici.

Il claque le coffre et passe devant avant de me faire un immense sourire. « Cela ne nous prendra que quelques minutes pour y arriver. Installez-vous simplement confortablement. Il démarre une sorte d'application qui alimente son Bluetooth et le trajet commence. Nous nous engageons dans la circulation et immédiatement il doit freiner et il sourit gentiment dans le rétroviseur. « Ne vous inquiétez pas pour ça. Etait bon."

Je jette un coup d'œil à la voiture qu'il a coupée et un autre conducteur me regarde par la vitre avant de sa jeep, ses yeux bleus focalisés au laser sur mon visage. Il est évident qu'il est livide et que sa bouche est ouverte, prononçant silencieusement quelque chose qui, j'en suis sûr, n'est pas très poli !

Je me retourne, le visage rouge et je bouge mes mains pendant que le chauffeur discute joyeusement avec lui-même, sans même attendre que je lui réponde.

"Nous voilà!" Il crie joyeusement, sautant hors de la voiture et se dirigeant rapidement vers l'arrière pour récupérer mon sac. Cela semble durer quelques secondes, mais cela fait probablement plus de quelques minutes. Je n'arrive tout simplement plus à me concentrer. Je passe la moitié de mon temps dans un brouillard d'émotions que je n'arrive pas à comprendre.

Je sors et prends une inspiration choquée. Cet endroit ne ressemble en rien à ce à quoi je m'attendais. Les informations en ligne montraient un endroit beaucoup plus récent et propre. Cet endroit est un peu envahi par la végétation et l'extérieur du bâtiment semble fissuré et usé. Je lui jette un coup d'œil. "Etes-vous sûr que c'est le bon endroit ?"

Il sourit et hausse les épaules. « Ouais, j'en suis sûr. Je t'ai demandé si tu étais sûr que c'était là que tu voulais aller.

Je hoche la tête, consterné. Puis je recule mes épaules et ignore le petit sentiment de malaise qui coule le long de ma colonne vertébrale. C'est la main qui m'a été distribuée. J'ai répété énormément cette même phrase dans ma tête au cours de la dernière année.

"Ouais. C'est là que je dois aller.

J'ai fait une réservation ici et pour l'instant... c'est ma maison.

Des mots étranges que je connais pour un hôtel mais le fait est que je ne sais plus où je vais ni ce que je fais.

C'est le premier anniversaire du pire jour de ma vie, alors... ça y est. J'ai besoin de me vider la tête, de vider mon cœur et de recommencer une nouvelle vie quelque part. J'ai juste besoin de tout mettre au clair et c'est ma chance.

Le gars pose mes sacs à côté de moi et je soupire en repoussant mes boucles incontrôlables derrière mon oreille. Ce genre de temps va tuer mes cheveux blonds courts et bouclés. Je sens déjà les boucles en tire-bouchon s'enrouler comme si elles étaient vivantes.

En souriant, je donne un pourboire à l'homme et il sourit. « Vous savez que vous n'êtes pas obligé de faire ça. C'est inclus dans le tarif.

Je hausse les épaules et le lui renvoie. « Cela n'a pas d'importance. Vous travaillez dur. Vous le méritez."

Il prend l'argent, me salue, me tend une carte et remonte dans sa voiture. « Si vous avez besoin de quoi que ce soit pendant que vous êtes sur l'île, faites-le-moi savoir. Je suis toujours là.

En souriant, j'agite la main. Il a été vraiment gentil et une sacrée distraction avec tous ses bavardages. Je pourrais faire pire que de l'appeler pour un tour, j'en suis sûr.

"Merci!"

Il tire sur le volant et s'engage dans la circulation. Je grimace lorsqu'une autre voiture klaxonne. Il est cependant un peu imprévisible en matière de conduite.

L'autre conducteur me regarde et ses yeux s'écarquillent. Je le regarde, reconnaissant le connard de l'aéroport.

Ses sourcils blonds descendent et il lui rend son regard jusqu'à ce que quelque chose attire son attention et il s'éloigne en riant bruyamment.

Mon ventre se tord quand je vois l'amour pur et le bonheur sur son visage. Il a l'air transformé d'un diable brûlant en un bel ange d'homme insouciant.

Ce qui ne semble pas bien parce que cet homme ? De toute façon, ce que je peux voir de lui... est trop sexy pour être un ange.

Des épaules larges, bronzées et robustes. Un visage rugueux avec un nez romain qui semble avoir été cassé à un moment donné et un large sourire avec des dents blanches éclatantes, des yeux bleus, cristallins comme la glace d'un glacier. Il est tout homme et vous ne pouvez pas vous y tromper.

J'ai le sentiment qu'il n'est pas un ange. La pensée de ce qu'il fait pendant son temps libre fait palpiter mon clitoris et je gémis, chassant toutes ces pensées de ma tête. Je n'ai plus pensé à un autre homme depuis...

D'un coup sec, je me penche et prends la poignée de ma valise, la faisant rouler jusqu'à la porte cachée qui est presque enfouie derrière des fleurs tropicales envahies. Gros comme de la vaisselle et si brillants qu'ils font mal aux yeux. Tous les roses vifs, les rouges et les blancs. Il y en a tellement.

J'ai mal au cœur rien qu'en les regardant. Dave aurait adoré tout ça. Il vivait pour l'aventure. En fait, c'est tout ce pour quoi il vivait.

Mon cœur se serre, mais je recule mes épaules et entre dans le hall qui semble avoir vingt ans de plus que ce qui est indiqué dans la brochure. Les carreaux sont fissurés et cassés par endroits. Le grand bureau en bois a un énorme éclat dans le coin et c'est un désordre de tasses à café en papier jetées et de petits bouts de papier.

Le malaise m'envahit à nouveau mais je me lève et fais sonner la petite cloche. Honnêtement, je me fiche de ce qui m'arrive à ce stade. Tout ce que je veux, c'est un endroit où poser ma tête douloureuse et fermer les yeux, oublier que l'année dernière s'est même produite et dormir le reste de ma vie.

# CHAPITRE 2

Léon

« Allons-y, ma belle ! La plage m'appelle et c'est mon seul jour de congé cette semaine !

"J'arrive, papa!" Un claquement et un fracas dans les escaliers couvrent presque sa voix sifflante.

"Que diable? As-tu amené toute ta chambre avec toi ? Je fronce les sourcils devant l'énorme sac qu'elle transporte avec une serviette de plage sur son épaule et une couverture sur ce qui, j'en suis sûr, est un bikini qui va forcément me donner une crise cardiaque. Être le père d'une adolescente qui pense qu'elle est sur le point d'avoir vingt et un ans au lieu de quinze n'est pas pour les âmes sensibles. Même si j'ai vu des conneries en tant que flic qui rendaient vos cheveux blancs, ma fille met encore à l'épreuve ma maîtrise de soi ces jours-ci.

Elle fronce les sourcils. "Je viens d'apporter l'essentiel, papa", souffle-t-elle, ses tongs heurtant le carrelage avec un claquement à chaque pas.

Il me faut tout pour ne pas broncher. Je déteste qu'elle me regarde toujours comme si j'avais encore perdu la tête. Je veux dire, qu'est-il arrivé à la petite fille que je bordais tous les soirs ? C'était toujours juste nous deux. Sa mère est partie juste après sa naissance. Nous n'avons jamais été mariés et elle a décidé qu'il y avait beaucoup de choses sur sa liste de choses à faire qu'elle voulait faire et qu'aucune d'entre elles n'était de fonder une famille.

Un pincement au cœur me frappe en pleine poitrine et je le frotte distraitement. Je ne lui en veux pas. Je veux dire, elle était jeune. J'étais plus âgé qu'elle quand nous nous sommes rencontrés, donc ce n'était pas un choc pour moi qu'elle soit un peu immature. Mais j'ai toujours l'impression qu'elle ne voulait pas de moi. Je ne voulais pas de notre vie. C'est un sentiment difficile à vivre.

Mais c'est fini. Je ne l'ai pas vue depuis des lustres. Je grogne et je pousse toute cette merde. Je ne vais pas traverser ma vie avec un tas de regrets parce que nous n'avons pas pu y arriver. Le fait est que nous n'avions pas grand-chose en commun.

Le claquement des semelles en caoutchouc frappant le carrelage me tire de mes propres pensées alors que Penny me regarde.

« On y va ou pas ? Je peux appeler un de mes amis pour qu'il vienne me chercher si tu ne veux pas y aller ? J'ai une leçon cet après-midi.

Je secoue la tête. "Non. Allons-y. Je suis juste un peu distrait aujourd'hui.

C'est un euphémisme. Je me sens un peu mal depuis que j'ai vu cette femme cet après-midi. Elle était belle. Un peu plus âgé que ce que je vois habituellement seul ici et tellement froid. Ses yeux étaient d'un argent arctique et elle me fixa pendant une seconde, quelque chose dans ces yeux qui me fit me sentir étrange. Comme si je la connaissais ou quelque chose comme ça.

Ce qui est de la pure connerie. Je ne la connais pas. Je ne l'ai jamais rencontrée auparavant et je ne me souviens pas d'elle quelque part. C'est juste une jolie touriste qui veut voir à quoi ça ressemble de visiter les îles et peut-être se vanter auprès de tous ses amis d'être venue ici. Rien d'autre ne l'intéresse.

Je ne devrais pas l'être non plus. Les touristes peuvent se gratter les dents, mais je suis trop vieux pour toute cette merde. J'ai eu mes moments et il me faut tout en moi pour gérer la merde de Penny en ce moment. Je ne suis plus dans le bon état d'esprit pour une femme. De toute façon, tout est devenu trop obsolète. Je veux dire, un bon coup, c'est bien beau, mais ça me semble trop compliqué. Ou peut-être que c'est juste moi.

Penny pousse un soupir et marmonne : "Je vais appeler Desi."

"Non. Allons-y. Sortez et attendez-moi dehors et nous irons à la plage.

"Bien." Elle sort en trombe et je lève les yeux au ciel. Adolescents. C'est toujours tellement de drame et tout est soit la fin du monde, soit la plus grande chose sur terre ! Il n'y a pas de solution intermédiaire.

J'éteins les lumières de la cuisine et la suis, mes yeux regardant autour de moi, me sentant instable. J'ai l'impression qu'il y a quelque chose que j'oublie. Quelque chose qui cloche mais je ne sais pas ce que c'est.

Il ne nous faut pas longtemps pour marcher jusqu'à Ka'anapalibeach. Il y a du monde, comme toujours, et il y a un groupe de surfeurs débutants sur l'eau pour une leçon.

Penny s'approche de la fille qui lui enseigne et elles commencent à parler de planches, de curls et de tout ça. Je sais qu'elle adore ça. Je ne suis pas si aventureux. J'aurais aimé l'être, mais j'ai toujours senti que je devais garder les pieds sur terre. Je suis la seule personne qu'elle a. Le seul sur qui elle puisse compter. Que lui arriverait-il si elle me perdait ?

Mon cœur fond quand elle me sourit et me dit au revoir. C'est ma petite fille. Parfois, elle s'oublie et je peux voir la douce petite chose qu'elle était.

Et puis tous ces sentiments d'angoisse adolescentes piquent à nouveau et on dirait qu'elle m'arrache la tête. C'est des montagnes russes mais ce n'est pas amusant !

"Toi !" Une voix douce avec juste un soupçon de grognement me fait tourner la tête.

"Toi !" Je lui souris, complètement imperturbable qu'elle me regarde comme si j'étais un morceau de chewing-gum sur sa chaussure.

« Tu sais que je peux lire sur les lèvres, n'est-ce pas ? Je pouvais pratiquement entendre toutes les choses très gentilles que vous avez dites à propos de moi et de mon chauffeur.

Je grince des dents. "Je suis désolé à ce sujet. Je me défoulais juste un peu.

Ces yeux gris froids qui ne cessent de surgir dans ma tête se rétrécissent. "Je suis sûr."

"Je devais rejoindre ma fille, puis revenir ici et il semble que tout allait mal aujourd'hui."

Je ne peux pas détourner le regard de ses cheveux, de toutes ces douces boucles argentées et dorées ébouriffées autour de son joli visage. Il continue de souffler devant moi et je peux sentir le parfum des fleurs, luxuriant et doux. Ma bite se met au garde-à-vous et mes yeux s'écarquillent. Je pensais que cette foutue partie de moi était morte.

Hourra pour moi ! Ma fille est juste de l'autre côté de la plage et elle fait signe et ma bite pense que c'est le bon moment pour revenir à la vie avec vengeance. Sans oublier que la femme qu'il aime a l'air de sucer des citrons en ce moment.

Bon sang ! Je n'ai pas besoin de cette merde.

# CHAPITRE 3

Sarah

Il est beaucoup plus grand quand il n'est pas assis dans une jeep. Ses épaules font environ un mile de large et je n'arrive qu'au milieu de sa poitrine.

Sa poitrine très large et bronzée. Une légère poignée de cheveux brun doré descend le long d'un ensemble d'abdos qui s'échelonnent en grosses dalles musclées jusqu'à des shorts de bain d'un brun kaki qui devraient paraître plus ennuyeux que des flocons d'avoine.

Pas sur ce corps.

Je rejette mes yeux en arrière juste au moment où ils descendent vers les muscles le long des côtés de sa taille qui semblent à peine retenir son short ample. Ces jolis muscles en « V » qui supplient une fille de s'y accrocher pendant qu'il se penche sur elle et...

Déglutissant brutalement, je force mes yeux à rester fixés sur les siens. Ils sont d'un bleu alpin et si brillants qu'ils rivalisent avec les eaux lumineuses des îles qui nous entourent. La lumière du soleil les éclaire, capturant des tourbillons de saphir et d'or enfouis dans leurs profondeurs exotiques. Il a une mâchoire comme du granit et les lèvres charnues les plus embrassables que j'ai jamais vues. Ses dents tirent sur sa lèvre inférieure et j'ai du mal à retenir le gémissement qui veut sortir et jouer.

Putain ! Je n'ai jamais vu un mec plus beau.

"Papa?"

Mon cerveau se réveille enfin alors qu'une adolescente arrive, ses longs membres bronzés et son corps commençant à peine à s'étoffer dans un bikini que je ne porterais jamais depuis un million d'années. Trente-cinq ans, ce n'est pas le moment de découvrir les bikinis. Ce navire a navigué. Sans oublier que j'ai un peu trop bougé à cause de mes sentiments de l'année dernière.

Mon thérapeute m'a dit que je saurais quand il serait temps de passer à autre chose. J'appelle des conneries. Je ne sais toujours rien et cela fait un an depuis l'accident. Une année à recommencer, à construire ma propre vie sans Dave. Une année à apprendre à être toute seule la nuit, à écouter les bruits de la maison qui s'installent autour de moi. Une année pour réapprendre qui je suis.

La maison que nous avons choisie ensemble. Que nous aimions tous les deux cela ne signifie plus rien pour moi, à part la douleur. C'est dans ce coin que j'ai pleuré lorsque la police est venue me parler de la voiture qui a heurté Dave alors qu'il rentrait du travail. Ensuite, il y a les autres types de douleur qu'il m'a fait découvrir.

C'est le lit dans lequel nous dormions et qui ressemble maintenant à des kilomètres de draps froids et à d'horribles cauchemars. Des cauchemars qui sont réels. Cela me tire vers le bas. Gardez-moi éveillé la nuit et travaillez dans mon psychisme jusqu'à ce que je sois à peine capable de me relever le matin.

"Hé! Est-ce que tu vas bien?"

Secouant la tête, je souris en tremblant au type abrasif mais sexy. "Je vais bien. Merci de demander." Je regarde autour de moi. « Pourquoi tous ces gens sont-ils ici ? »

Il regarde autour de moi et j'en profite pour le fixer, sans être gêné par l'inquiétude de son regard électrique. C'est comme regarder Zeus sur le mont Olympe ou quelque chose du genre. Il ne semble pas tout à fait réel.

Ses lèvres se tortillent. "Des cours de surf et toutes ces autres choses que nous aimons tous."

Un petit picotement me frappe et je le pousse vers le bas. Mais ça réapparaît. Dave aimait faire des trucs comme ça mais je n'ai jamais essayé quoi que ce soit. Je me contentais de le regarder, de lui sourire et de lui faire signe pendant qu'il vivait. Chaque jour était une nouvelle aventure pour lui... pendant que je regardais. Faire du ski, conduire une voiture de course, faire de la motoneige, du surf, de la tyrolienne, sauter d'un avion. Il a tout fait. Il a vécu sa meilleure vie. J'ai juste essayé de survivre chaque jour sans l'énerver.

C'est pourquoi cela a été un tel choc lorsqu'il rentrait chez lui sur l'autoroute et qu'il a été désossé par un conducteur ivre, renversé dans la circulation venant en sens inverse et tué. Mon estomac fait un bond et je pose ma main sur mon ventre, essayant de repousser la colère, la peur, le ressentiment, la nausée... toutes ces émotions bouillonnantes qui s'activent en moi pour lesquelles je me suis battu pour les maintenir enfoncées l'année dernière pendant que je pleurais. nuit, ma main tendue pour trouver son grand corps, pour le sentir enrouler ses bras chauds autour de moi et ses lèvres effleurer mon front pendant que je m'endormais. Ce qu'il n'a jamais fait. Je ne suis pas sûr de savoir quel fantasme je recherchais, mais ce n'était pas ma vie.

Je baisse mes lunettes de soleil pour me couvrir les yeux parce que les yeux de cet homme sont un peu trop perspicaces. "Je dois partir. J'ai besoin...". Ma voix s'éteint.

Je ne sais pas de quoi j'ai besoin. Je sais juste que je ne veux pas qu'il voie à quel point mon cœur me fait mal. Je ne veux pas que quiconque voie ça.


"Hé," sa voix douce me capte aussi sûrement que sa grande main chaude s'enroule autour de mon coude. "Est-ce que tu vas bien?"

Je hoche la tête mais je ne peux rien dire à part la boule de bowling dans ma gorge. Cependant, je retire mon bras et il hoche la tête. Mais ensuite il sourit et c'est comme si le putain de soleil se levait sur l'eau, réchauffant mon intérieur froid.

"Avez-vous déjà essayé le paddle-board?"

« N-non ! Je ne pourrais pas.

Il attrape mon bras et me tire le long de la plage. "Allez. Je peux vous montrer. Je parie que tu adorerais ça.

Je mets mes pieds nus dans le sable chaud, profitant de ce peu de chaleur dans mon corps froid. «Je ne connais même pas ton nom», je proteste.

Il se retourne vers moi et il sourit. "C'est vrai. Je m'appelle Léon Marsden. Il fait un signe de tête en direction de la jeune fille qui s'habille pour courir à l'eau avec l'autre fille. "C'est ma fille, Penny."

"Où est ta femme?" Je demande brutalement en me tirant à nouveau le bras.

Son sourire s'efface. « Je ne suis pas marié », dit-il et il le laisse traîner là, maladroitement dans l'air entre nous.

Inspirant, je hoche la tête. "Je m'appelle Sarah Watkins." Il me serre la main et c'est à ce moment-là qu'il remarque la bague à mon doigt. Il recule. «Je pourrais vous demander la même chose. Où est ton mari ?

«Je ne suis pas marié non plus», et j'en reste là. C'est vrai. C'est l'essentiel du désordre qu'est ma vie, mais c'est vrai.

Il m'étudie, ses yeux bleus vifs et inflexibles. "Tu ressembles à une femme qui a besoin de vivre un peu, Sarah."

Des mots plus vrais n'ont probablement jamais été prononcés.

# CHAPITRE 4

Léon

« Oh mon Dieu ! Elle crie et saute à nouveau du paddle board lorsqu'elle essaie de se lever et se balance immédiatement.

Un rire de ventre m'arrache et j'inspire de surprise lorsqu'elle me regarde et je sens à nouveau cette traction dans le bas de mon ventre. Ses yeux argentés et glacés me lancent des étincelles et je ne peux pas détourner le regard. Ses cheveux sont collés sur sa tête et elle ressemble à un rat noyé mais pour une foutue raison, je ne peux pas détourner le regard.

"Pensez-vous que vous pourriez peut-être me donner un coup de main ici?" Elle grogne et je sors pour la chercher. Encore.

Nous avons joué ce même scénario encore et encore au cours de la dernière heure environ et la flamme orange se rapproche de l'horizon, me faisant savoir que nous n'avons presque plus de temps pour aujourd'hui.

Je l'atteins et tire son corps flottant vers moi, sentant ses courbes douces dans l'ancien costume noir qu'elle porte effleurer ma cuisse et ma taille. J'inspire profondément et j'essaie de faire descendre ma putain de bite. C'est une cause perdue cependant et je vois ses yeux s'écarquiller et se retourner pour me regarder.

Je me racle la gorge et détourne le regard. "Nous devrions tout ranger très bientôt et aller observer le plongeur des falaises."

Ses sourcils pâles se froissent et je ne sais pas pourquoi mais je pense que c'est la chose la plus mignonne que j'ai jamais vue.

"Qu'est-ce que c'est?"

"Chaque jour, lorsque le soleil se couche, un plongeur de falaise reconstitue l'exploit du roi Kahekili, allumant les torches le long de la falaise puis plongeant dans l'océan au coucher du soleil."

Ses yeux se tournent vers la falaise et s'écarquillent. "Pourquoi ferait-il ça?"

"C'est une tradition. Cela aide les gens qui vivent ici à se sentir plus proches de leur passé, plus proches de leur île natale, en montrant leur amour pour cette maison d'une manière qui honore leurs ancêtres.

Sa tête hoche la tête et elle sourit. "Je parie que Dave adorerait ça", murmure-t-elle. Mais ensuite elle pâlit. "Ouais. Il se fait vraiment tard. Elle me fait un signe de tête et me sourit gentiment. "Tu as été assez patient mais je pense que je suis une cause perdue."

"Tu sais que tu peux faire du paddle avec tes fesses assises, n'est-ce pas ?" Je lui demande en souriant quand elle me regarde.

« Pourrais-tu me laisser te dire merci sans me donner envie de te frapper ?

En riant, je l'aide quand elle trébuche alors qu'elle heurte le sable et que nous perdons notre flottabilité. Elle est chaude et lisse et immédiatement ma tête tourne lorsque sa peau douce glisse le long de la mienne, son parfum floral épicé s'enroulant autour de moi et attirant le feu qui traîne dans mon ventre.

Je n'ai pas ressenti cela depuis des lustres et cela me rend perplexe que cette petite femme au regard perdu et en colère dans son regard gris et froid soit celle qui me le ramène. Je la connais à peine mais j'ai pourtant l'impression de la connaître trop bien.

Je la tire, la déséquilibrant un peu. "Allez! Allons voir la cérémonie. Je parie que tu l'aimes.

Ses yeux vigilants me regardent un instant et on dirait qu'elle va dire non. Je peux presque voir les mots se former sur ses jolies lèvres roses.

Au lieu de cela, elle hoche la tête et prend sa serviette et sa couverture sur le sable. La plupart des femmes ici portent un paréo ou une écharpe autour des hanches. Elle tire une robe noire qui a des manches débardeur mais qui la couvre autrement de ses épaules jusqu'à ses orteils délicats.

Quand elle a rassemblé ses affaires, j'essaie à nouveau de lui attraper la main mais elle marche devant moi, les yeux rivés sur la silhouette qui grimpe sur les rochers, le feu éclairant leur chemin.

Nous atteignons un bon point d'observation et il semble que la foule retient son souffle alors que le soleil orange éclatant frappe l'eau, des vrilles de feu léchant les profondeurs bleu azur de l'océan, l'allumant pour en faire une balise enflammée, s'étendant pour capturer tout. nous dans sa chaleur et son éclat. Derrière lui, le bleu marine foncé et le noir profond suivent la gloire flamboyante qui nous entoure.

La silhouette au-dessus de nous semble prendre une profonde inspiration avec les silhouettes rassemblées autour de nous, puis le corps mince et musclé saute des rochers et tout le monde halète, les yeux rivés sur cette silhouette solitaire, ravis par la sensation symbiotique de ce moment. À ce moment où nous appartenons tous ensemble, nous ressentons tous la crainte du passé, du présent et du futur qui cessent d'exister en tant qu'entités distinctes. Tout cela fait partie de ce moment unique et incroyable.

Et puis son corps s'enfonce dans l'eau et la petite éclaboussure nous frappe et les touristes autour de nous haletent et applaudissent.

Le soleil se couche sous l'horizon et la nuit avance pour avaler toute la chaleur des rayons du soleil.

«C'était incroyable», murmure-t-elle. "Vraiment beau."

Je garde mes yeux sur les boucles sauvages qui sèchent dans l'air chaud et volent dans la brise, les courbes douces de son corps luxuriant sont visibles de manière alléchante là où le tissu est poussé contre sa silhouette. La douleur du début est un peu floue dans la lumière rampante et ses fines épaules, si hautes et si serrées, se sont relâchées. C'est la chose la plus étonnante que j'ai jamais vue sur cette île.

"Ouais... magnifique," je murmure, mes yeux ne quittant jamais son visage délicat.

# CHAPITRE 5

Sarah

Me réveiller le matin au son des klaxons, à peine au même niveau que la rue la plus calme autour de ma petite maison, me laisse perplexe. Mon estomac coule lorsque je m'assois et rentre mes jambes, enroulant mes bras autour de mes genoux et en posant ma joue dessus. Je ne veux pas de ma maison. Je ne veux pas avoir le sentiment que j'éprouve à chaque fois que je franchis cette porte et que je vois que je n'ai pas encore fouillé ses vêtements, que je n'ai pas jeté les choses dont aucun de nous n'a plus besoin. Les petits mots qu'il me laissait. Habituellement, des listes de ce que je devais faire pour la journée. La literie qu'il a achetée pour notre lit parce qu'il n'aimait pas celle que j'avais achetée. Toutes les mauvaises choses qu'il a délibérément utilisées pour me pousser et me pousser pour prouver que mes décisions étaient mauvaises, pour prouver que j'avais besoin de lui, que je ne pouvais pas prendre de bonnes décisions sans lui.

Que je valais moins que lui. C'est comme ça que ça a toujours été. Sarah, allez. Pourquoi ne me l'avez-vous pas demandé avant d'acheter ce nouvel ordinateur pour le travail ? Celui-ci a des critiques horribles. Je sais que j'aurais choisi quelque chose qui fonctionnerait mieux pour toi.

Aqua pour une chambre ? Et cette courtepointe a un tissu tellement bon marché. A quoi étais tu en train de penser?

Et ainsi de suite. Chaque jour, de tant de manières différentes. Un petit découpage montre à quel point je ne savais pas. Comment je ne pouvais pas apprendre les choses aussi vite que lui. Comment j'étais inutile en cuisine. Tant de plaintes. Autant de petites fouilles qui creusent qui j'étais, jusqu'au cœur même de moi. Jusqu'à ce que j'aie l'impression que chaque seconde de la journée était un jeu d'attente pour savoir quand il changerait de l'homme charmant que j'avais épousé et commencerait à pinailler. Il était comme le Dr Jekyl et M. Hyde.

Mais je l'aimais désespérément, même si, d'une certaine manière, il avait brisé quelque chose en moi. Sa mort a été accablante, presque paralysante. Tout d'un coup, personne ne me disait quoi faire ni comment le faire. Je ne pouvais plus fonctionner.

Les larmes me montent aux yeux et je me penche, des traînées d'humidité ruisselant sur le couvre-lit. Ça fait mal de respirer, de se souvenir. Mais ce n'est pas uniquement à cause de ce que nous avons vécu, c'est en grande partie dû au fait que j'ai continué à attendre que les choses redeviennent telles qu'elles étaient lorsque nous nous sommes mariés. Quand il est mort... cet espoir avait disparu. C'était juste... fini.

Une partie de moi avait déjà été perdue. Je me souviens de ce qu'il m'a fait ressentir lorsque je l'ai rencontré pour la première fois. Il était si beau et fort. Il ne remettait pas constamment en question mes décisions. Il avait l'air content de moi.

J'étais heureux. Je pensais que nous étions censés l'être. Je pensais que nous étions parfaits l'un pour l'autre. Je n'étais pas aussi confiant que lui. Il semblait qu'il m'avait donné de l'espace pour déployer mes ailes, mais il m'a donné un endroit sûr pour atterrir et ne pas me sentir hors de contrôle. Il n'a pas fallu longtemps après notre mariage avant que le drogué à l'adrénaline en lui ne prenne le dessus et comme ce genre de choses ne m'intéressait pas, je l'étais d'une manière ou d'une autre.

Contrairement aux femmes avec qui je connais il était à côté.

Je ferme les yeux et inspire profondément. Je n'aime plus mon mari. Je ne l'adore pas comme je le faisais lors de notre première rencontre. Mais le préjudice qu'il a causé à ma estime de soi semble insurmontable.

Je me tire du lit qui ressemble à une nuit folle et me tiens droit et grand, étendant mes bras au-dessus de ma tête.

Dès que je retire ma robe longue et sombre, je ressens le besoin soudain de la mettre de côté et de porter autre chose. Rien d'autre.

Ma main flotte sur un vieux short en jean que je n'ai pas porté depuis des lustres.

« Vous n'y rentrerez probablement plus. Autant ne même pas essayer.

Je les écarte et prends à la place une robe de couleur plus claire même si elle est encore pratiquement jusqu'aux chevilles. La couleur bleu pâle me fait penser aux yeux de Léon et je m'arrête, mon cœur se serra dans ma poitrine. À quoi je pense ? Je ne connais pas cet homme. Je ne suis pas à la recherche d'un homme. Je ne pense pas que je ferai à nouveau confiance à une autre personne. Surtout un homme.

Je passe la robe par-dessus ma tête puis, comme pour bannir toute pensée rebelle concernant les hommes, l'amour, le désir ou quoi que ce soit de bon, je tire sur mes boucles et les gratte sur les côtés et dans le dos.

Je regarde mon reflet, confus, blessé. La douleur assombrit mes yeux et ma poitrine se serre jusqu'à ce que je puisse à peine respirer.

« Putain cette merde ! » Je grogne de colère, attrapant mon sac fourre-tout et y fourrant mon portefeuille. Je sors de ma chambre et pars chercher une tasse de café quelque part. Ce n'est pas difficile sur l'île. Ces gens aiment le café presque autant que moi.

Après avoir pris une énorme tasse de café sucré à un centimètre près, je me promène dans la rue, profitant de la lumière du soleil et du dynamisme des gens et des environs. Des fleurs tropicales décorent les portes et les fenêtres tout autour de moi et il est difficile de croire que cet endroit soit réellement réel.

Les gens me sourient et me saluent, leurs expressions si ouvertes et honnêtes que j'ai l'impression que c'est un tout autre monde que celui d'où je viens.

Jusqu'à ce que je sois brusquement ramené à la réalité selon laquelle le monde est un endroit horrible et en colère.

Quelque chose secoue mon bras et des cris éclatent autour de moi. Je perds l'équilibre et laisse désespérément tomber ma tasse de café pour me rattraper alors que je heurte le trottoir, mes mains et mes genoux en subissant les conséquences. J'inspire de manière saccadée et halete, ma tête tourne et la douleur frappe mes os. Je lève mes mains tremblantes et mes boucles s'échappent de leur piège rigide et tombent en cascade dans mes yeux. Je les chasse de mes yeux et je grimace en voyant les coupures sur mes mains, la terre incrustée dedans.

Crier me ramène à moi-même et je relève la tête, regardant un homme s'enfuir, mon grand fourre-tout se balançant sur son bras.

Une femme se penche et gémit : « vos pauvres mains. Ici, laissez-moi vous aider.

Dans le brouillard, je la laisse m'aider à me relever.

Elle époussette ma robe jusqu'aux genoux et gémit. "Oh, ta jolie robe est abîmée."

Je baisse les yeux, la tête qui tourne et les yeux larmoyants de douleur. «Je vais bien», je murmure, la gorge bouchée par les larmes.

Elle me pousse vers une chaise devant sa petite boutique avec de magnifiques bijoux en cristal et en coquillages en vitrine. "Allez. Vous devez vous asseoir. Je pense que tu es sous le choc.

Elle se tourne vers une femme dans le magasin voisin. «As-tu appelé la police, Malia?»

La dame plus âgée et grisonnante hoche la tête. "Oui je l'ai fait. Les jeunes ne devraient pas faire des choses pareilles », renifle-t-elle. «Je blâme les parents. Beaucoup d'entre eux ne font pas attention à ce que font leurs enfants. Ils ne veulent pas être dérangés.

J'entends les deux femmes en arrière-plan se disputer sur les styles parentaux et les ignorer. Je ne peux pas respirer, j'ai la poitrine lourde.

Je regarde mes mains se tordre dans les genoux sales de ma robe, chassant de ma tête toute idée du contenu de mon sac à main, y compris mon portefeuille. Je ne pense pas pouvoir supporter bien plus de problèmes.

"Hé, je te connais", la voix douce et rauque suit une paire de chaussures à mes pieds et je les suis jusqu'au visage qui ne cesse de me glisser dans la tête à des moments étranges. Il sourit et juste comme ça, on a l'impression que tout va bien se passer.

# CHAPITRE 6

Léon

"Hé, je te connais." Ses boucles blondes en tire-bouchon surmontant sa tête semblent douces et sauvages et mes doigts me démangent de se glisser et de s'emmêler dans les profondeurs soyeuses, l'attirant vers moi.

Je relance ces pensées alors qu'elle lève la tête, ses doux yeux gris flous et mouillés de larmes.

Je m'agenouille à ses pieds et tends la main pour toucher sa main, enroulant mes doigts autour des siennes. « Hé, hé. Qu'est-ce qui ne va pas, Sarah ?

Ses lèvres se tordent. « Il a pris toutes mes affaires. J'avais mon portefeuille dans mon sac à main.

"Ne t'inquiète pas. Nous allons trouver votre portefeuille et pour l'instant, nous allons tout réparer et faire fermer ces cartes pour qu'ils ne puissent pas les utiliser.

Je lui caresse les mains et elle me regarde. "Pourquoi es-tu ici?"

Je souris. «Je suis détective. Je passais par là et j'ai vu toute l'excitation. J'ai déjà envoyé des gens le chercher parce que je l'ai vu. J'ai parlé aux autres personnes un peu plus loin pour voir s'ils l'avaient vu mais j'ai peur pour l'instant de l'avoir perdu de vue. Mais nous allons récupérer tes affaires, ne t'inquiète pas.

"Pourquoi es-tu si gentil avec moi?"

Ma poitrine me fait mal au regard perdu dans ses yeux. "Pourquoi ne le serais-je pas?"

« Je vous suis étranger. Vous ne me connaissez pas du tout."

« Mon travail m'oblige à prendre des décisions partagées, Sarah. Je sais que tu es une bonne personne. Et même si ce n'était pas le cas, c'est mon travail de vous aider.

Ses fines épaules rondes. «Ah. Ceci explique cela."

Je ne pense pas que ce soit le cas, mais je ne la pousse pas. Elle semble si fragile. Je n'ai cessé de penser à elle depuis que je l'ai rencontrée hier.

Elle est tellement... Je ne sais pas exactement. Il y a juste quelque chose chez elle.

« Votre téléphone était-il dans votre sac à main ?

"Non, ce n'était pas le cas." Elle montre la coque de téléphone qui se trouvait à côté d'elle.

« Et si vous alliez de l'avant et voyiez si vous pouvez appeler vos sociétés émettrices de cartes de crédit et arrêter les cartes ? Et je finirai ici et je vous emmènerai à la gare pour faire votre rapport et nous nettoierons vos mains et vos affaires.

Je n'attends même pas qu'elle réponde, je pars simplement et je commence à prendre des informations auprès des témoins et je garde un œil prudent et attentif sur sa silhouette légère.

Elle finit par se secouer et décroche son téléphone pour commencer à passer des appels, ses mains fines tremblant toujours mais son menton relevé et sa couleur redevenant lentement normale.

Un sourire dessine mes lèvres et une étrange sorte de fierté m'envahit. Elle est un peu cabossée, un peu cabossée mais je vois la femme forte en elle qui essaie de se relever. J'essaie de la ramener à la vie.

Je ne sais pas quel genre de vie elle a eu jusqu'à présent, quel genre de personnes lui ont fait du mal mais je peux le voir dans ses yeux, dans sa posture raide quand on essaie de l'aider ou de se rapprocher d'elle et je le ressens quand elle essaie de repousser quiconque l'aide. Comme si elle avait peur de compter sur quelqu'un d'autre qu'elle-même.

Je ne peux pas m'empêcher de penser à elle et à ces yeux gris doux et brisés qui peuvent à peine croiser les miens. J'arrivais à peine à dormir la nuit dernière parce que je voulais l'appeler et m'assurer qu'elle allait bien. Je voulais la traquer et la mettre dans le lit à côté de moi pour savoir qu'elle serait en sécurité et heureuse, protégée de tout ce qui pourrait la blesser.

Je n'ai pas ressenti de tels sentiments depuis longtemps. Enfer! Je ne suis pas sûr de l'avoir jamais fait. Les sentiments que j'avais pour la mère de Penny n'avaient rien de tel. Une pâle imitation du besoin impérieux et du désir irrésistible de prendre soin et de protéger Sarah.

Je ne devrais pas m'approcher d'elle. C'est juste une touriste et elle va partir. Je sais cela. Je peux le voir dans ses yeux. Le problème est que... je peux aussi voir la douleur et la faim en elle. Elle a besoin de moi, a besoin de quelqu'un pour prendre soin d'elle et lui faire se sentir à nouveau vivante.

Tout comme elle a réveillé tous les morceaux de mon cœur que je pensais définitivement brisés, je peux voir les dégâts causés à son âme. Je dois le réparer. Il faut qu'elle soit à nouveau entière.

Et si elle part après ça, je vivrai avec. Je me lèverai tous les jours et prierai pour qu'elle se porte bien, où qu'elle soit. Je penserai à quel point elle est belle et douce et à quel point elle était fragile lorsque je l'ai rencontrée et je remercierai Dieu de m'avoir permis de la tenir dans mes bras pendant un moment sacrément bref et heureux. Prenez soin d'elle.

Et il faudra que cela suffise. Je ne la pousserai pas à rester alors qu'elle a clairement besoin d'une chance de voler, de vivre du bien là-bas et de lever ce joli visage aux lèvres roses vers le soleil et de sourire.

Je termine mes entretiens et me dirige vers elle, ma main touchant le bas de son dos, mes yeux buvant le regard réservé et méfiant de son regard argenté alors même qu'elle hoche la tête et dit: "Donnez-moi une minute."

Je hoche la tête, réprimant un sourire tandis qu'elle négocie avec la personne au téléphone. C'est une battante, une petite femme décousue qui a été blessée et qui essaie de trouver sa voie dans le monde.

J'aime ça. Je l'aime trop, putain. Je sais que je suis sur le point d'être blessé bien plus qu'avec mon ex, mais si je peux guérir son cœur, je suis prêt à supporter cette douleur. Pour l'aider à revivre avec l'émerveillement et la joie que j'ai vu brièvement sur son visage la nuit dernière. La crainte qui emplissait son visage était une merveille à voir. Une image époustouflante qui reste figée dans mon esprit.

C'est le look qu'elle devrait porter tous les jours du reste de sa vie. Et j'ai l'intention de l'aider à le trouver.

# CHAPITRE 7

Sarah

Je souffle et regarde le tableau de bord de la jeep que conduit Léon, ses grandes mains bronzées sûres et stables sur le volant.

« Je ne peux pas croire qu'ils ne puissent pas sortir mes cartes ici pendant quelques jours et que lorsque je l'ai dit à l'hôtel, ils m'ont fait partir. Juste parce que je devais leur dire que la carte enregistrée allait être modifiée.

Il hoche sa tête blonde et sourit. « Certainement pas le meilleur endroit où séjourner. »

« Et personne d'autre n'a de disponibilité avant deux jours. Quand mes cartes arrivent.

"Je sais. C'est vraiment dommage.

Je le regarde. "Tu sais... ton ton ne donne pas l'impression que tu penses que c'est dommage."

Il me regarde et ses yeux bleu vif font tomber mon ventre, comme si quelqu'un se jetait d'un avion. Il me lance un doux sourire mêlé d'un bonheur éclatant comme je n'en ai jamais vu auparavant. Dave ne m'a jamais regardé comme ça. Je me demande si les femmes avec qui il a triché ont pu voir ce genre de sourire.

Mon instinct se tord quand je pense à une femme sans nom et sans visage qui reçoit les mots doux, les sourires et les caresses douces que j'aurais dû avoir. J'étais sa femme.

« Je ne suis pas mécontent. Cet endroit était les fosses. Vous serez beaucoup plus à l'aise chez moi.

Je croise les bras sur ma poitrine et gémis : « Je ne pense toujours pas que ce soit une bonne idée. Qu'en est-il de votre fille? Est-ce qu'elle va être contrariée que vous rameniez un étranger à la maison ? Qu'en est-il de votre femme?"

Pour la première fois aujourd'hui, son sourire s'efface et la mâchoire de granit qui semble si forte et robuste se serre fort. «Je n'ai pas de femme. Je vous l'ai dit.

Mes doigts se tordent sur mes genoux. "Je suis désolé. C'était impoli de ma part de dire. Je déteste avoir l'impression d'avoir blessé cet homme doux et gentil. Depuis que je l'ai rencontré hier, tout ce qu'il a fait, c'est essayer de m'aider et j'ai blessé une partie de lui qui est enfouie depuis longtemps. Je peux le voir dans les ombres de son regard bleu alpin.

Il me regarde et son sourire est plus réservé cette fois. "Cela n'a pas d'importance. C'était il y a longtemps."

Mes yeux s'embuent quand je vois la douleur résiduelle dans ses yeux. Je me racle la gorge et je regarde par la fenêtre. «C'est important. La douleur est la douleur. Peu importe qu'il soit frais ou qu'il soit cicatrisé, ça fait toujours mal quand on le pousse.

Je vois son front doré se lever du coin de mon œil. "Ouais. C'est probablement vrai. Sa voix est dure mais pourtant douce. "Je pense que tu en sais aussi un peu sur la douleur, petite fleur."

Ma tête se retourne pour le regarder. "Pourquoi m'as-tu appelé comme ça?" Personne ne m'a jamais donné de surnom. Ni mes parents, ni mon mari. C'est comme s'ils ne prenaient pas la peine de me connaître suffisamment pour m'apprendre, penser à moi avec une sorte de tendre affection.

Ses yeux bleus sont fixés sur moi et j'ai du mal à reprendre mon souffle. Il est tellement beau que ça fait mal de le regarder. « Tu es comme une belle fleur qui pousse à l'état sauvage dans les bois. Pas une fleur de serre dont on a pris soin et qui a été gâtée. Vous avez eu du mal à relever votre tête dans la saleté et les conditions difficiles autour de vous et pourtant vous y êtes parvenu. Vous avez survécu et prospéré.

Je secoue la tête et il sourit doucement. "Tu as. Vous ne le savez tout simplement pas encore. Et tout ira bien, Sarah. Je sens dans mon cœur que tu es sur le point de déployer tes ailes, de tendre la main vers le soleil et de voler comme tu es né pour le faire.

Je rougis et me mords la lèvre, mon ventre se retournant lorsque ses yeux brûlants descendent vers ma bouche et qu'il grogne dans sa barbe.

"Vous ne me connaissez pas aussi bien que vous le pensez."

"Nous verrons." La jeep ralentit et entre dans une petite maison à deux étages construite dans le style d'une plantation sur un petit terrain. La maison semble se fondre dans toute la flore verte et tropicale qui l'entoure.

"C'est magnifique", je halète, étonné par la magnifique maison.

"Ouais. C'était la maison de mes parents. Ils sont décédés il y a environ dix ans et j'ai emménagé ici avec Penny. Ce qui leur est arrivé est horrible, mais la maison est une aubaine.

"Je l'imagine." Je me racle la gorge. « Qu'est-il arrivé à tes parents ? Je fais marche arrière rapidement. "Je suis vraiment désolé. Je n'aurais pas dû demander ça. Parlez de grossier.

Il sourit doucement et regarde l'eau. Dans la plupart des endroits de l'île, vous pouvez voir au moins un éclat de bleu magnifique. « Ce n'est pas impoli. C'est la vie. Ils avaient un petit bateau qu'ils aimaient emmener pour des croisières au coucher du soleil. Il se tourne vers moi en souriant. «Ils s'aimaient tellement que chaque jour était un jour spécial pour eux et, bien souvent, ces croisières faisaient partie intégrante de leur journée. Comme s'ils avaient besoin d'être seuls sur l'eau et juste... ». Il hausse les épaules. "Je ne sais pas. Comme s'ils avaient besoin de ce temps seuls pour surmonter tous les autres tracas quotidiens. C'était leur temps personnel.

Je soupire. «Ça a l'air doux. Presque comme un rendez-vous en amoureux.

Il me regarde et je plonge dans ses yeux bleus, les regardant s'assombrir. Ses lèvres charnues s'entrouvrent et il sourit à nouveau. "Ouais. Je suppose que c'était le cas. Quoi qu'il en soit, une nuit, une tempête est arrivée soudainement et ils n'étaient pas prêts à y faire face.

Le bateau a coulé et eux avec. Nous ne les avons jamais retrouvés, ni le bateau.

Mon souffle se précipite dans mes poumons et je sens les larmes me piquer les yeux. « Je suis vraiment désolé, Léon. C'est terrible."

"Pour moi oui. Pour eux...? Je pense en quelque sorte qu'ils étaient heureux de sortir ensemble. Ses yeux deviennent flous et distants, regardant en arrière dans le temps et perdus dans ses propres sentiments. « J'espère qu'ils étaient dans les bras l'un de l'autre. Si j'avais un amour comme le leur, c'est là que je voudrais être quand on m'enlèvera de cet endroit. Avec elle, enroulé autour d'elle. Je pense que ce serait parfait.

Je l'étudie, voyant sa douleur imprimée sur son beau visage mince, anguleux.

Quand il se tourne vers moi, je halete à cause de la faim et du désir dans ses yeux. "Qu'en penses-tu?"

J'avale difficilement, hoche la tête et me racle la gorge. "Je pense que ça a l'air sympa."

Il hoche la tête, toujours perdu dans ses pensées. "Ouais. Cela fait."

Il y a bien plus chez cet homme que je ne le pensais lorsque je l'ai rencontré pour la première fois. Il y a de la douleur et du chagrin comme moi. Mais contrairement à moi, il a trouvé un moyen de se sortir de ces sentiments et de passer à autre chose. Pour trouver de la joie dans les petites choses.

Je veux faire la même chose mais je ne suis tout simplement pas sûr d'être assez fort.

Mais quand il tend la main et saisit brutalement la mienne, les callosités de ses paumes grattant ma paume sensible, sa main chaude et ferme, ses yeux se fixent sur moi. Quelque chose brille en eux et un sentiment d'essoufflement m'envahit et je jure qu'une petite braise, une petite lueur d'espoir s'enflamme dans mon cœur.

"Allons à la maison."

Je hoche la tête, sachant que ce n'est pas chez moi. Je n'en ai pas. Il me laisse simplement emprunter le sien et je l'apprécie plus qu'il ne pourra jamais l'imaginer.

Je dois juste me rappeler qu'il est juste gentil avec moi. Rien d'autre.

Il est encore un étranger et un jour prochain, je ne me souviendrai même plus de son apparence.

Je me frotte la poitrine lorsque mon cœur se serre, la douleur dans ma poitrine poussant plus fort jusqu'à ce que je puisse à peine respirer et que mes yeux pleurent à nouveau, les larmes me piquant au dos.

Je repousse tous ces sentiments et tire ma main, ouvrant la porte et descendant seul.

Il en sera toujours ainsi pour moi. Seul. Autant m'y habituer.

# CHAPITRE 8

Léon

"Merci encore de m'avoir laissé rester ici", je lui souris alors qu'elle me remercie encore.

« Ce n'est pas si grave, petite fleur. Comment est ta chambre ? Je coupe de la laitue pour la salade que je prépare avec du thon frais dessus.

"C'est tellement mignon. Tes parents ont dû adorer cet endroit. Elle halète et couvre ses lèvres roses en grognant. "Je suis vraiment désolé. Je n'aurais pas dû dire ça.

« Pourquoi pas ? Ils ont adoré cet endroit. Ils ont aimé cette île plus que tout autre endroit où ils ont voyagé.

Ses yeux écarquillés croisent les miens, pleins de tristesse. Pour moi. Personne n'a jamais ressenti ça pour moi. Je veux dire, les gars pour qui je travaillais m'ont tous donné une tape dans le dos et m'ont dit qu'ils étaient désolés, mais ils ne ressentaient pas la même chose que moi.

Elle fait. C'est là, dans le regard serré de ses lèvres, les rides autour de ses yeux argentés s'accentuant. "Je ne voulais pas te rappeler quelque chose de si triste."

Je traverse la pièce et touche doucement son épaule, résistant à l'envie de caresser sa peau, chaude et douce du bout de mes doigts. "Hé," je me penche pour lui soulever doucement le menton. Ses yeux tristes m'ont fait un trou dans le ventre. « Mes parents adoraient cet endroit et ces gens. C'était leur maison. Cette pensée ne me rend pas triste. Cela me fait ressentir un sentiment de connexion avec eux qui, je pense, m'aide plus que ne me fait du mal. Est-ce que tu comprends?" Je lui demande doucement, ressentant plus que voyant sa respiration profonde alors qu'elle évite mon regard.

"Je le pense."

Je lui souris et la jette doucement sous son petit menton pointu. "Bien. Maintenant, mangeons.

Elle s'assoit nerveusement et regarde la table. Je soupire. « Sarah. Regardez-moi."

Elle lève les yeux sous ses longs cils sombres et le malaise dans ses jolis yeux me fait poser ma fourchette.

« Hé... ne t'inquiète pas pour ça. Je suis sérieux. Peut-être qu'à un moment cela m'a rendu triste mais plus maintenant. Ce sont de bons souvenirs.

Elle hoche la tête et les rides autour de ses magnifiques yeux se détendent, sa bouche s'ouvrant pour prendre une bouchée de la salade. Elle gémit et toutes les autres discussions s'évanouissent dans le néant, ma bite tendue dans mon pantalon. Je grogne et bouge inconfortablement, mon corps me suppliant de la toucher. Je pousse tout ça vers le bas. Il y a quelque chose en elle qui semble fragile, comme si elle pouvait se briser d'un simple contact et je ne veux pas lui faire de mal.

"Pourquoi es-tu ici, petit pua?" Je renifle quand son sourcil arqué se lève et qu'elle me regarde comme si je venais de dire quelque chose de sale. « C'est le mot hawaïen pour fleur. Alors arrête d'avoir l'air d'avoir sucé un citron ! »

"Bien. Mais ne pensez pas que je ne vais pas y jeter un oeil », prévient-elle.

« Oh, je crois que vous le ferez, mais vous serez profondément déçu. C'est exactement ce que j'ai dit.

"Alors comment puis-je être déçu." Ses volées timides me font rire.

«Peut-être que je devrais t'appeler petit chaton. C'est comme si tu aiguisais tes griffes sur moi.

Ses lèvres charnues se courbent en un sourire et le rose tache ses joues pâles, assombrissant ses taches de rousseur. « Pourquoi ne m'appelles-tu pas simplement par mon nom ? Il n'y a rien de mal avec Sarah.

La chaleur me parcourt le ventre quand je pense à l'appeler « Sarah » alors que je conduis dans sa chaleur luxuriante. Ses yeux se détournent des miens mais je parierais de l'argent qu'elle sait à quoi je pense. Ses joues pâles brillent d'un feu rouge et elle souffle.

Peu importe ce qu'elle dit à voix haute, je sais qu'elle est aussi tentée que moi. Ses tétons poussent contre le tissu fin de sa robe et sa respiration est rauque et rapide. C'est la plus belle chose que j'ai jamais vue sur cette île et cela me tient de court.

Elle ne sera pas sur cette île avant quelques jours. Je ne peux pas profiter de tout ce qui se passe entre nous et de la fragilité dévastatrice que je vois sous cette bravade sarcastique.

"Tu n'as pas répondu à ma question", je grogne, luttant contre cette faim qui me déchire de l'intérieur.

Elle fait une pause et je peux presque voir les roues tourner dans sa tête. Puis elle soupire en passant ses doigts dans ses cheveux. « Je suis ici pour dire au revoir à mon passé. Pour essayer de comprendre de quel avenir j'ai besoin pour l'avenir.

Je penche la tête vers elle et prends une bouchée de ma salade. En lui agitant ma fourchette, je mime en continuant et même si elle me regarde, elle ne résiste pas.

"Mon mari est décédé l'année dernière."

Ma fourchette heurte l'assiette alors que je tends la main pour attraper sa main et l'arrêter. Ses tristes yeux argentés se lèvent, scintillant de larmes. «Je suis vraiment désolé, petite fleur. Je ne pensais pas que c'était quelque chose comme ça. Vous n'êtes pas obligé de dire un autre mot. Il doit beaucoup vous manquer.

Elle hoche la tête mais elle ouvre la bouche et c'est comme si elle ne pouvait pas s'arrêter de parler maintenant qu'elle a commencé. «Mais je ne le fais pas. Pas vraiment."

«Je peux voir à quel point tu es triste rien que d'y penser. Tu ne peux pas me dire qu'il ne te manque pas. Je n'aimais même pas ma copine là-bas à la fin mais quand elle est partie, elle m'a quand même un peu manqué. Et nous n'étions pas mariés ou quoi que ce soit du genre.

« Votre ex n'a probablement pas passé chaque jour à vous dire ce que vous aviez fait de mal. Encore et encore."

"De quoi parles-tu?" Je lui demande, mes yeux se plissant, cherchant les siens alors même qu'elle baisse mon regard.

Je saisis son menton et l'incline vers le haut, sentant son menton délicat et ses pommettes se réchauffer dans ma main. Mon pouce caresse sa peau douce et c'est comme un feu doux et soyeux sous mon contact. Ses yeux gris se fixent sur moi et c'est comme si je ne pouvais pas détourner le regard. Je nage dans une mer de lumière argentée, me réchauffant et m'entourant comme les eaux tout autour de notre île natale. Je ne peux pas respirer profondément, je ne peux même pas aspirer suffisamment d'air pour arrêter la sensation d'étourdissement qui m'envahit.

"Sarah, dis-moi ce que tu veux dire", je murmure, en espérant qu'elle ne voit pas la façon dont le bas de mon corps gonfle, qui lui fait mal.

« Mon mari, Dave, était un homme intrépide », dit-elle doucement. «Je ne l'étais pas. J'étais toujours nerveux et il semblait que la situation devenait de pire en pire à mesure que nous étions mariés. Je ne m'en suis rendu compte qu'après sa mort, mais... il avait commencé à pinailler chaque petite chose que je faisais. Vos cheveux ne sont pas beaux aujourd'hui, ne les grattez pas comme ça. Je t'ai dit que je n'aime pas quand tu portes cette robe. Ça te fait ressembler à une pute. Encore et encore. Il y avait toujours quelque chose qu'il n'approuvait pas. J'ai commencé à avoir l'impression que je n'étais pas assez bon dans quoi que ce soit. Même le sexe était tombé.

Elle s'arrête de parler, son visage rougit et essaie de l'arracher de mes mains mais je l'arrête, mes doigts toujours doux mais fermes. « Cet homme a l'air d'un véritable connard. S'il ne voulait pas de toi, c'était un idiot. Tu es une belle femme et je ne sais pas pourquoi il te disait ces choses mais ce n'est pas vrai. Je ne peux pas t'imaginer avoir l'air trash et tes cheveux sont magnifiques, peu importe ce que tu en fais.

Elle lève un sourcil doré vers moi, ses lèvres se dessinant en un sourire narquois. «J'avais les cheveux longs. Je l'ai coupé après sa mort et j'aurais aimé ne pas l'avoir fait car cela s'est transformé en un désordre de boucles que je ne peux pas contrôler.

C'était un acte de rébellion. Je peux le voir dans ses yeux et ça me fait sourire. L'homme lui a mis sa botte au cou et a critiqué chaque petit morceau d'elle. Mais elle ne s'est pas laissé briser. Je peux le voir dans chacun de ses mouvements. Elle veut vivre et se libérer des souvenirs de lui et de sa perte. Elle a juste peur.

Elle n'a rien à craindre de moi. Je ne veux pas lui faire de mal. Je veux purifier son âme et la faire mienne.

# CHAPITRE 9

Sarah

J'ai l'impression que tout l'air s'échappe de la pièce lorsque je regarde son regard bleu clair, aussi profond et fascinant que l'océan chaud par une journée d'été sans nuages.

La pièce semble chargée de quelque chose qui ne ressemble à rien de ce que j'ai jamais ressenti. La main de Léon se lève et caresse doucement ma joue. Je ferme les yeux à la chaleur de ses doigts et tourne mon visage vers sa paume, l'embrassant doucement, les yeux s'ouvrant lorsqu'il inspire profondément.

Il se tient debout et me domine. "Sarah?" Il me tend la main et je hoche la tête d'un air saccadé.

Ma tête tourne quand il se penche et me relève si vite que la pièce tourbillonne autour de moi. Ses mains sous mes fesses et dans mon dos sont si agréables que je gémis.

Il grogne dans sa barbe et l'homme doux que j'ai connu ce dernier jour est entièrement remplacé par un autre homme.

Son visage descend pour bloquer la lumière, puis ses lèvres fermes se posent sur les miennes et je gémis, me fondant dans son goût et sa sensation. Ses lèvres bougent et j'ouvre sous sa bouche avec un halètement qui se transforme en un gémissement torturé lorsque sa langue pénètre dans ma bouche et s'emmêle avec la mienne.

Mes bras lourds se lèvent et s'enroulent autour de son cou, le tirant plus près et c'est comme si une explosion nous enflammait tous les deux.

Des corps tendus désespérément, ayant besoin d'être plus proches. Son parfum danse de manière alléchante autour de moi. Comme si les vagues et le sable rencontraient les bois. Frais, propre et boisé. Mon clitoris martèle ma chatte alors qu'il pose mes pieds sur le sol sans rompre le baiser, ses mains tirant mes hanches vers lui et sa dureté me heurtant à l'endroit où nos deux corps se rencontrent. Les langues qui s'accouplent rencontrent des souffles frissonnants de désir et je gémis au fond de ma gorge. Ses mains glissent et s'enroulent dans mes boucles, les détachant des épingles et de la merde qui y reste, les retenant, les contrôlant.

Son baiser s'éclaircit et il marmonne dans sa barbe, ses lèvres contre les miennes. « Tu ne devrais jamais tirer tes cheveux en arrière comme ça. Tu es tellement belle. Comme un ange avec un glorieux halo doré.

Ses doigts plongent jusqu'à mon cuir chevelu, pétrissent les mèches soyeuses et les enroulent autour de ses poings jusqu'à ce que je ne puisse plus bouger. Un petit pincement au cœur me distrait de tous ces bons sentiments pendant une minute. La glace glisse le long de ma colonne vertébrale.

Est-ce qu'il me dit que je ne devrais pas faire quelque chose ? Est-ce qu'il essaie de me contrôler ?

Mais ensuite le désir me frappe alors qu'il me soulève, ses mains déplaçant ma jupe plus haut jusqu'à ce que je puisse enrouler mes jambes autour de ses hanches. Ma tête retombe alors que ses doigts s'enroulent autour de mes cuisses, s'enfonçant jusqu'à ce que je sache qu'il laisse des empreintes digitales.

"Oh mon Dieu", je soupire, mes hanches se balançant contre la barre dure de son pantalon.

"Dites-moi d'arrêter si vous ne voulez pas ça," grogne-t-il, sa voix ne lui ressemble pas du tout. Rugueux, rauque, nécessiteux.

"Ne t'arrête pas," je murmure.

Il commence à marcher et mes cuisses se resserrent autour de sa taille en essayant de ne pas glisser de son érection frottant contre mon torse. Mes mains s'enfoncent dans ses cheveux et je le regarde dans les yeux.

"Que fais-tu?"

"Tu veux que je te baise dans ce salon ou tu veux un lit, petite fleur ? Je t'emmènerai où tu veux.

"Lit."

Je n'arrive pas à croire ce que je dis. Je n'arrive pas à croire que je fais ça. C'est presque un parfait étranger et pendant juste une seconde mon esprit s'éclaircit et je me raidis.

Ensuite, nous montons les escaliers et il nous y effondre gracieusement. « Mon Dieu », grogne-t-il. "Je n'arrive pas à croire à quel point j'ai besoin de toi." Son grand corps me couvre, m'entoure et l'enfer se déchaîne. Ses doigts déchirent mes vêtements et je griffe sans relâche sa chemise, l'arrachant presque de son corps. Les tissus se déchirent et les boutons volent et le soulagement ne vient que lorsque je sens sa peau chaude et satinée sous mes doigts. Ils dansent le long de ses côtes, suivant la piste jusqu'à ces incroyables muscles en « V » sur lesquels toutes les femmes salivent.

En glissant plus bas, j'ai le souffle coupé quand je me heurte à la dure pression de sa queue. Son corps se raidit, sa tête recule, les muscles cordés de sa gorge se tendent, sa bouche s'ouvre sur un gémissement rauque.

« Mon Dieu, ce que tu ressens. Tu es parfaite, petite fille. Touche-moi, Sarah. Sa main recouvre la mienne et il presse mes doigts jusqu'à ce qu'ils s'enroulent autour du renflement de son caleçon.

Il frémit puis grogne, sa main repoussant la mienne. "Quoi..."

"J'ai besoin de toi sous moi en ce moment, bon sang. J'ai besoin de te goûter. À moitié déshabillé, il me relève et monte les escaliers en trébuchant jusqu'à ce que nous franchissions une porte ouverte. Il traverse la pièce et me dépose sur le lit, arrachant ce qui reste de ses vêtements comme s'il détestait le contact du tissu sur sa peau.

« Enlève cette robe tout de suite », râle-t-il, l'ordre étant dur et mordant. Je ne peux pas arrêter le frisson qui parcourt ma colonne vertébrale.

Comme il le voit, il se penche sur moi, vêtu uniquement de son caleçon. "J'ai besoin de te goûter."

Mes yeux s'écarquillent. Dave n'a jamais rien fait de pareil. Rien que cette pensée le faisait grincer des dents.

Pas Léon. Il écarte mes cuisses et déchire complètement ma culotte, déchirant le tissu délicat. J'ai à peine le souffle coupé quand il attaque mon cœur, sa langue dansant frénétiquement le long des lèvres de ma chatte, léchant mon ouverture et grognant comme un animal sauvage.

L'air frais frappe mes cuisses tandis que son souffle chaud taquine mes lèvres inférieures.

Ma tête retombe tandis que des picotements d'extase montent et refluent à chaque coup de langue. Dents, langue et bouche. Il n'est ni doux, ni doux. Il est vorace, comme un animal, il me déchire, se régale de moi.

Mes doigts s'emmêlent dans ses cheveux doux et courts, tirant durement sur les mèches qui ne servent qu'à le faire avancer. Sa bouche s'enroule autour de mes lèvres, suçant durement mon cœur. Sa langue s'enroule en rythme autour de mon clitoris et il y passe ses dents.

En criant, je pousse mes hanches vers son visage. Des vrilles enflammées de ravissement s'enflamment et je tremble et frémis. « Léon ! Oh mon Dieu! Ne vous arrêtez pas, ne vous arrêtez pas !

Serrant les dents, mon dos rigide et mon corps si serré alors que je m'efforce de me libérer, mes yeux se ferment étroitement et je crie alors que les vagues me rattrapent, m'enveloppant dans une marée de plaisir si intense que je tombe dans l'obscurité éclairée uniquement par des feux d'artifice derrière mes paupières.

Je tombe sur le lit et cherche de l'air, frissonnant et tremblant sauvagement.

J'ouvre les yeux quand je sens le corps dur de Léon reposer contre le mien alors qu'il grogne : "Es-tu prêt pour moi, Pua ?"

Ma main couvre mon visage en tremblant et je souris en regardant autour de ma main. "Il y a plus?"

# CHAPITRE 10

Léon

Je ris en me penchant pour embrasser ses lèvres douces et tentantes. "Ce n'est rien. Juste l'apéritif. Êtes-vous prêt pour le plat principal ?

Je me penche suffisamment en arrière pour voir dans son regard argenté et je suis ravi, pris dans la mer scintillante au clair de lune. "Traitez-moi de gourmand mais je pense que je suis prêt à tout ce que vous voulez me donner."

J'enfile un préservatif et me penche plus près d'elle, rassemblant ses cheveux dans ma main et me penchant pour l'embrasser dans la gorge, mes lèvres glissant le long de la peau lisse et ivoire. Elle gémit et ses doigts s'enfoncent douloureusement dans mes épaules. Mes dents grattent sa peau et son odeur, le parfum piquant de notre excitation flotte sur moi. Ma bite saute et j'aligne ma longueur douloureuse avec sa fente juteuse.

"Prêt ?"

La confusion assombrit ses yeux mais elle hoche la tête et prend une profonde inspiration, se préparant.

Je maudis dans ma barbe, maîtrisant le besoin de m'enfoncer en elle aussi profondément que possible, pour assouvir cette faim qui me déchire et me griffe.

Mais je pousse lentement en elle, sentant ses parois lisses et soyeuses se refermer juste autour de sa foutue pointe et je grogne dans ma barbe, m'efforçant de laisser libre cours au désir féroce que je ressens pour cette femme.

"Merde, tu te sens si bien, ma chérie. Tellement humide et chaud. Alors c'est vrai.

Ses yeux s'écarquillent et elle se resserre autour de moi, ses murs flottant légèrement.

"Tu aimes ça, n'est-ce pas, petit ?" Elle rougit et ses yeux baissent mais je saisis son menton d'une main, le tenant captif alors que j'avance lentement en elle. "Tu es une putain de déesse, Sarah. N'en doutez jamais. Et tu es à moi."

Même si ce n'est que pour un petit moment, une minute, une heure... elle est à moi. Mon cœur me fait mal et ma bite palpite alors que son corps se referme autour de moi. Ses yeux restent sur les miens tandis que je bouge lentement, entrant et sortant de son doux noyau.

"Léon", halète-t-elle, son corps se raidissant, se resserrant une fois de plus. « Je n'ai jamais... »

Elle n'a pas besoin de terminer la phrase. J'ai le sentiment que son mari était pire que je ne peux l'imaginer et qu'il ne l'a jamais vénérée autant qu'il aurait dû. Le plaisir sur son visage lorsque je goûtais son doux nectar était un révélateur mortel.

« Lâche-toi, pua. Laisse-moi sentir ton jus recouvrir ma bite.

Elle gémit et rougit d'un rouge foncé. "Léon", gémit-elle et je conduis plus fort et plus vite dans sa chaleur humide et serrée, sentant sa chatte se serrer autour de ma bite douloureuse.

"Tellement parfait", je murmure à son oreille, tirant mes hanches vers l'arrière puis la poussant plus fort jusqu'à ce que nous heurtions le lit et je levai la main pour nous retenir avant qu'elle ne s'écrase tête première contre la tête de lit en bois.

En entrant et en sortant, je sens ma vision se brouiller alors que mon corps s'efforce de se retenir, désespéré de céder au raz-de-marée massif de plaisir qui m'envahit.

"Viens pour moi", je siffle, ratissant mes dents le long de sa poitrine, se refermant autour d'un mamelon plissé en forme de fraise alors que je claque en elle.

« Léon ! » Elle crie, raclant ses ongles le long de mon dos et m'arrachant les cheveux. La douleur et le plaisir grésillent le long de mes terminaisons nerveuses et je grogne, poussant encore deux fois avant de m'arrêter, ma colonne vertébrale explosant avec des vagues de feu qui s'enroulent autour de moi, ma bite secouée sauvagement, des jets de mon sperme frappant le préservatif alors que je siffle un mot brisé. .

"Sarah!"

Elle tombe en même temps, sa chatte convulse autour de moi, son corps tremble dans mes bras.

Je tombe sur le lit, la serrant contre moi, mes lèvres caressant sa joue. "Tu es la plus belle femme que j'ai jamais vue, Sarah. Merci."

Elle relève la tête, confuse. "Pourquoi?"

«Pour m'avoir suffisamment fait confiance. Pour m'avoir permis de te plaire.

Elle rougit, se mordant fort la lèvre. « Puis-je te confier un secret, Léon ?

"Toujours."

"Je n'ai jamais....". Sa voix s'éteint et ses yeux s'écarquillent.

"Quoi?" J'ai besoin de savoir. Je veux tout savoir d'elle. Même si elle me quitte, je veux connaître toutes ses petites histoires, ressentir sa douleur et son chagrin, l'enlever et la serrer fort jusqu'à ce qu'elle réalise à quel point elle est spéciale. Je pense que personne ne lui a jamais dit ça et ça me brise le cœur.

"Je n'ai jamais ressenti ce que je ressens avec toi." Ses yeux argentés ne rencontrent pas les miens et j'ai du mal à comprendre de quoi elle parle.

Jusqu'à ce que ça me frappe. Ma bouche s'ouvre et je me fige. "Voulez-vous dire que vous n'avez jamais... votre mari jamais...". Je ne peux même pas terminer cette pensée. C'est criminel et si c'est vrai, quelqu'un aurait dû couper les couilles de cet homme.

Elle rougit encore plus, son visage est si rouge que je crains qu'elle n'ait attrapé un putain de coup de soleil ces dernières minutes.

«Il a dit que j'avais besoin de me détendre davantage. Que c'était ma faute.

Je m'assois dans le lit et m'appuie contre la tête de lit, la tirant le long de mon corps alors même qu'elle crie et tente de se couvrir avec les draps.

« Qu'est-ce que tu fais, Léon ?

"Regarde-moi, Sarah." Je grince des dents alors qu'elle me combat. Je tends la main et la serre fort dans mes bras en grognant : « Regarde-moi !

Elle se raidit et ses yeux tristes et hantés me regardent enfin directement. Je jure qu'à chaque fois que je la vois, j'ai l'impression qu'elle me possède de plus en plus. Elle est tatouée sur mon âme, enfouie au plus profond de mon cœur où son visage trouvera à jamais un espace qui n'appartient qu'à elle.

"Je jure que si cet homme n'était pas déjà mort, je traquerais son cul égoïste et le tuerais à mains nues. Vous n'étiez pas le problème dans cette relation vaguement décrite comme un mariage. Tout homme digne de ce nom ne prendrait jamais son plaisir et ne laisserait pas sa femme en vouloir plus. Un homme qui vous aime donnera et donnera jusqu'à ce que vous frémissiez et délirez de plaisir et il s'en fout s'il obtient le sien ou non. Son plus grand plaisir serait de voir l'amour de sa vie chanceler de satisfaction. C'est ce que fait un vrai homme. Ce qu'un vrai homme veut. Mes yeux restent fixés sur elle, se rétrécissant face à son regard stupéfait.

«La personne que tu as épousée ne t'aimait pas. S'il le faisait, il ne pourrait pas vivre avec lui-même en sachant qu'il ne vous plaît pas. Il travaillerait d'arrache-pied pour te faire jouir. "

Elle m'étudie, hochant finalement la tête mais je peux dire qu'elle réfléchit, se pose des questions.

Je me demande si j'ai des sentiments pour elle... si je m'en soucie. Mais je sais aussi qu'elle a probablement été témoin de toutes sortes de chantages émotionnels de la part de cette merde inutile.

Je ne vais pas être un autre maillon de la chaîne qui tente de la retenir. Je la libérerai quand elle aura besoin de partir. Mais je ferai en sorte que ses yeux ne soient plus tristes, qu'elle retrouve un peu du respect d'elle-même qu'il lui a volé.

Si vous aimez quelque chose, libérez-le. Putain, cette seule phrase fait mal comme un poignard dans le putain de cœur.

Je me frotte la poitrine alors qu'elle se blottit contre moi, soupirant, ses doigts tourbillonnant sur ma poitrine jusqu'à ce que je les saisisse dans les miens et la tiens jusqu'à ce que je sente son corps devenir mou et sa respiration lente et régulière.

Et je la regarde pendant des heures, regardant ses cils sombres flotter sur sa peau pâle. Regarder ses joues rougies par le sommeil, me retenant à peine de toucher sa peau douce, de passer le bout de mes doigts le long de ses joues arrondies, sur la constellation de taches de rousseur sur ses joues et sur l'arête de son petit nez délicat.

J'inspire profondément et bégaiement en entendant ma fille rentrer à la maison et je sais que je dois me lever. Sachez que mon temps avec Sarah touche à sa fin.

Sachez que toutes les bonnes choses ont une fin. Parfois l'amour ne suffit pas et parfois c'est trop. Je ferais n'importe quoi pour cette femme... y compris la laisser partir.

# CHAPITRE 11

Sarah

Le rire me fait sortir d'un sommeil mort. Le meilleur sommeil que j'ai eu depuis au moins une bonne année.

« Papa... arrête ! » La voix de la fille est vraiment heureuse. Je reconnais qu'il s'agit de la fille de Léon, Penny.

« Lâche cette spatule, papa ! Nous devons y aller. Je retrouve Kai chez elle dans quinze minutes. Je vais être en retard si tu ne me laisses pas partir !

Elle éclate de rire et je m'assois et m'étire avant de me lever et de me précipiter à la recherche de mes vêtements. Je ne sais pas comment je suis arrivé dans la chambre d'amis mais Léon a dû me déplacer avant que sa fille puisse me trouver dans son lit. Flushing, je remercie le ciel de ce qu'il a fait. Je ne veux pas du tout que cela arrive.

Finalement, je trouve une paire de sweats et un grand t-shirt surdimensionné qui tombe de mon épaule et je me glisse hors de la porte, caressant mes courtes boucles pour essayer de les contrôler.

J'arrive à la porte de la cuisine et me tiens pieds nus, passant d'un pied sur l'autre.

Léon me regarde et sourit, mais cette fois, j'ai l'impression que quelque chose a changé, comme s'il contrôlait ses émotions.

"Bonjour Sarah. Tu te souviens de ma fille, Penny.

Les yeux perspicaces de la jeune fille m'étudient comme un insecte sous verre alors même qu'elle sourit.

«Je me souviens d'elle. Ravi de te revoir, Penny.

« Papa a dit que tu avais eu des problèmes et que tu avais été expulsé de ton hôtel. C'est nul.

Je hoche la tête. "Ouais. Je le dirais. J'espère que je ne vous mets pas à l'écart d'une manière ou d'une autre.

Le regard bleu pâle de Léon se pose sur le mien. "Tu n'es pas un problème, Sarah."

Penny nous regarde alternativement. Je peux sentir la tension dans l'air et elle doit le faire aussi.

Elle s'éclaircit la gorge. "Je dois y aller, papa."

Il me regarde. "Ouais, va monter dans la voiture. Je serai là dans une seconde.

Elle nous regarde mais sort silencieusement de la pièce.

Aucun de nous ne détourne même le regard. Il s'éclaircit enfin la gorge. «Je reviens tout de suite et ensuite nous pourrons parler ou quelque chose du genre. Peut-être qu'on pourrait regarder un film ce soir. Vous pouvez regarder la télévision pendant mon absence et voir s'il y a quelque chose que vous voulez voir.

Je hoche la tête. "Ça me semble bien." Mais quand il hoche la tête, ses yeux bleus brûlant un trou dans mon corps, je lutte contre l'envie de courir vers lui, de le serrer dans mes bras. Me perdre dans le feu qui s'alimente à chaque fois qu'il me touche.

Il se retourne pour s'éloigner et je serre les poings, me retournant vers le salon, m'asseyant sur le canapé et faisant défiler sans but la longue liste de films à l'écran, n'en voyant presque aucun.

Qu'est ce que je fais ici? Dois-je juste me lever et partir. Mais je n'ai nulle part où aller.

Il n'est parti que depuis une dizaine de minutes et puis je l'entends se glisser vers la porte, venir se placer devant moi.

Il soupire quand il me voit regarder l'écran sans vraiment rien voir.

Il s'assoit à côté de moi et je frissonne quand sa main tend la main vers la mienne, la berçant doucement. "De quoi as-tu peur ici, Sarah?"

Je me tourne vers lui et grimace. « J'ai peur de ne pas pouvoir partir alors que je sais que je dois le faire. Grâce à vous, il est si facile de rester et d'être près de chez vous. Pour te laisser prendre soin de moi. Pour ne plus avoir à prendre de décision. Tenir debout sur mes deux pieds. Même si je pense que c'est une illusion parce que tu me donnes juste ce dont tu penses que j'ai besoin.

Il secoue tristement sa tête brun doré. "Ce n'est pas. Je tiens à toi, Sarah. D'une certaine manière, je ne me suis pas soucié d'une femme depuis longtemps. Mais je sais aussi que vous avez besoin de liberté pour sortir et faire vos propres choix, vos propres erreurs et je refuse de vous dire quoi que ce soit qui puisse changer cela. Tu mérites cette chance, Sarah. Je ne l'enlèverai pas, donc si vous sentez que vous devez vous fermer à ce que nous avons ici... ne le faites pas. Je te promets que je te laisserai partir. Mais en attendant... je ferai en sorte que tu te sentes vraiment bien.

Sa main s'enroule autour de ma joue, la caressant doucement et je ferme les yeux, soupirant et me penchant sous son contact. Cela m'apaise et me dynamise étrangement en même temps.

Son visage se rapproche et je reprends mon souffle, fasciné par les verticilles de vert tendre et d'or dans ses yeux bleu glacé. Ses lèvres fermes et charnues s'arrêtent à quelques secondes de toucher les miennes. Son haleine mentholée glisse sur mes lèvres. "Dis-moi si tu veux que j'arrête, Sarah."

Je ne dis rien et il gémit, ses lèvres plongeant et prenant les miennes, glissant le long d'elles. Je savoure chaque contact, goût, sensation de sa bouche douce. Il sirote et lèche ma bouche et sa langue s'enfonce à l'intérieur, s'enroulant sauvagement avec la mienne.

Mon cœur s'emballe et j'ai l'impression de ne pas pouvoir reprendre mon souffle. "Oui", je gémis, luttant pour m'empêcher de grimper sur lui comme un foutu arbre. Il recule.

Tu veux que j'arrête ? Je secoue violemment la tête.

"Non." Ses traits tendus se détendent et la chaleur lubrique brûle en moi comme un feu, incontrôlable.

« Tu vas venir pour moi, n'est-ce pas, chérie ? Ça va me venir partout sur le visage.

Je n'ai aucune idée de ce dont il parle jusqu'à ce qu'il tombe au sol et que ses doigts agiles jettent mes vêtements de gauche à droite jusqu'à ce qu'il soit assis là habillé et que je sois nue et volontaire, les jambes écartées, ne sachant pas exactement ce qui se passe ici.

Jusqu'à ce que sa langue sorte et touche légèrement mon clitoris. Mon dos s'incline et mes doigts s'emmêlent dans ses cheveux, les tirant fort pendant qu'il grogne et grogne dans sa barbe.

« Tellement bon. Je jure que je suis putain d'accro à ton goût.

Le voilà qui recommence, disant les choses les plus douces et les plus sales. Mon cœur s'emballe et je dois me battre pour empêcher le sourire d'apparaître sur mon visage.

Mais dans le souffle suivant, sa bouche s'accroche à mon clitoris et je me perds dans le ravissement qui m'envahit, criant et se tordant tandis que sa langue, ses dents et ses lèvres dévorent mon jus, me lapant jusqu'à ce qu'une autre libération me déchire et je haletant, gémissant et le suppliant silencieusement. Pour ça.

"C'est ma copine", dit-il et la façon dont il le dit, le plaisir brut m'envahit, me réchauffant de l'intérieur, m'éclairant avec la faim ardente correspondante que je vois faire rage dans ses yeux bleu glacier, resserrant son rocher. -mâchoire dure.

Il se tient debout, me dominant, sa mâchoire ciselée luisant de mon jus. Ses yeux bleu clair s'assombrirent et brillèrent de désir et de luxure.

« Je te veux tellement, Sarah. Je te veux depuis la première fois que je t'ai vu regarder à travers le pare-brise de ce taxi. Ses yeux descendent sur mon corps et il enlève lentement sa chemise, faisant glisser ce tissu sur ses muscles tandis que mes yeux boivent chaque pouce de peau bronzée et ondulante mise à nu. Ses épaules sont des rochers, ses abdos une échelle de muscles, ses biceps se gonflent à chaque mouvement qu'il fait.

Je n'ai jamais vu un homme plus bel de ma vie. Et il me veut. Moi. La fille qui n'a jamais été assez bien. La femme qui ne pouvait rien faire de bien. Cette même femme est assez bonne, assez spéciale pour être avec cet homme incroyablement doux et beau.

Je devrais être à genoux pour remercier le seigneur d'en haut. Mais j'ai une meilleure idée.

Je glisse jusqu'à être à genoux puis je rampe vers lui. Ses yeux bleu alpin brillent de désir et il reste immobile, me regardant alors que je viens vers lui à quatre pattes.

"Qu'est-ce que tu fais, Sarah?" il souffle.

"Quelque chose que je voulais faire depuis très longtemps." J'enroule mes doigts autour de la longueur veloutée mais indéniablement dure de son érection, mes doigts se touchant à peine. "Mon Dieu, tu es énorme, Léon."

Il rit brusquement, haletant lorsque je me penche en avant et que ma langue danse légèrement le long du bout arrondi de son érection.

Ses yeux se fixent sur moi alors que je fais glisser ma bouche vers le bas, vers le bas, vers le bas. Jusqu'à ce que ses couilles embrassent mon menton et que je glisse de haut en bas, ma langue roulant sur sa tête à chaque fois. Il a le goût d'un homme musqué et rien que lui. Mon clitoris palpite à chaque passage et je tends la main tandis que ses doigts s'emmêlent dans mes cheveux, me piquant lorsqu'il tire sur ma tête.

Je ferme les yeux et mes doigts parcourent mon jus, frottant légèrement mon bouton enflé tandis que les larmes coulent sur mes joues. S'étouffant sous sa longueur robuste, je sens sa tige lisse gonfler dans ma bouche. Il me tapote la joue.

«Bébé, je ne peux pas m'arrêter. S'il vous plaît", supplie-t-il.

Mais je l'ignore, aspirant sa bite jusqu'à ce qu'il grogne et que je sente son goût salé et masculin frapper ma langue. J'avale, avalant goulûment jusqu'à ce que j'aie jusqu'à la dernière goutte et je m'éloigne de lui avec un pop, m'essuyant les joues et le menton.

Il s'effondre sur le canapé, la sueur parsemant son front maigre et ses joues. "Merde! C'était incroyable ! Putain, je t'aime !

Je reste, mon esprit figé sur ces mots. Ces très gros mots qu'il ne semble pas remarquer, il a dit.

Il se lève et attrape ses vêtements par terre. Quelque chose se passe et il se précipite pour attraper son téléphone sur la table de bout sur laquelle il l'a jeté. "Putain! Je dois me préparer pour le travail. Allez-y, prenez votre temps, amusez-vous ce soir et je vous verrai dès que j'aurai quitté le travail. Ses lèvres fermes se posent sur les miennes et je ne peux pas m'en empêcher. Je m'accroche désespérément à lui et ma bouche s'ouvre sous la sienne. Sa langue dérive paresseusement le long de la mienne puis il se libère, le sourire sur sa bouche étant éblouissant à voir.

"Tu es la femme la plus extraordinaire que j'ai jamais rencontrée." Puis il s'éloigne pour prendre sa douche et je tombe sur le canapé, confus et étrangement engourdi.

Jusqu'à ce que la panique m'envahisse. Il ne peut pas être amoureux de moi. Je ne peux pas être amoureuse de lui. C'est trop tôt. Trop. Je veux expérimenter des choses. Je veux être libre d'être qui je veux être.

J'entends l'eau couler et je me lève du canapé, attrape mes vêtements par terre et y mets rapidement les mains et les pieds.

Je dois rentrer dans ma chambre avant qu'il ne sorte. J'ai besoin d'une minute pour me vider la tête.

Je me dirige vers ma propre chambre et me précipite à l'intérieur, claquant la porte derrière moi comme si je fuyais un criminel.

Après tout, je pense que cet homme est un voleur parce que je suis presque sûr qu'il m'a volé mon cœur.

# CHAPITRE 12

Sarah

Le lendemain matin, je me réveille, je prends une douche rapide et je prépare mes affaires en essayant de garder la tête droite.

Devrais-je rester? Je ne sais pas. Ce que je sais, c'est que si je reste, je ne partirai peut-être jamais. Ce n'est pas quelque chose pour lequel je pense être prêt. Je ne pense pas. Peut être.

Jésus! Je ne sais plus ce que je fais. Je pensais savoir ce que je voulais mais ma tête se bat ici avec mon cœur.

Je veux ma liberté. Je veux vivre plus de choses dans cette vie que lorsque mon mari était sous sa coupe.

Mais surtout, je veux que quelqu'un se soucie de moi. Je tiens vraiment à moi.

Je ne vois tout simplement pas comment cela pourrait être Léon. Il est magnifique, intelligent, dévoué, honorable et un père formidable. Mais il n'est pas à moi. Il ne peut pas être à moi. Il est trop bien pour moi.

La sonnette retentit et mon corps se raidit, se figeant sur place. Mais il n'y a personne ici à part moi pour ouvrir cette foutue porte.

Je sors dans le couloir et descends rapidement les escaliers, m'arrêtant près de la porte. En appuyant une main sur la porte, je discute avec moi-même, ne sachant pas vraiment si je dois ouvrir la porte de quelqu'un d'autre. Cela ne semble pas bien. Grossier.

Mais je l'ouvre et j'aurais aimé ne pas l'avoir fait quand la plus belle femme que j'ai jamais vue se tient là, me regardant comme si j'étais une surprise totale. Et pas un bon.

"Bonjour?" » dit-elle froidement. "Qui es-tu?"

"Un p-ami de Leon et Penny", dis-je doucement, essayant de cacher mon visage derrière mes courtes boucles. Ce qui ne fonctionne pas bien du tout.

Elle sourit et ses yeux brun miel brillent de rire. « Ah ! Je crois qu'ils vous ont mentionné. La femme que Léon a recueillie dans la rue parce qu'elle n'avait nulle part où aller.

La douleur me coupe le cœur et il me faut tout ce que j'ai en moi pour ne pas grimacer face à la douleur vicieuse. "Droite. Avais-tu besoin de quelque chose? Personne n'est ici à part moi.

"Ils t'ont laissé seul ici?" Ses yeux se plissent et elle les fait courir de haut en bas. « Ce n'est sûrement pas intelligent. Ils ne vous connaissent pas du tout. Tu pourrais être un voleur.

"Toi aussi," dis-je, rougis, mon estomac se serrant en nœuds de colère.

Elle s'appuie contre la porte et me sourit. "Ils me connaissent. Je ne suis pas une femme étrange qui a été expulsée de son hôtel et jetée sur le trottoir. Je suis la mère de Penny.

Cette femme est vraiment sur mon dernier nerf ici. "On m'a volé. On m'a demandé de quitter l'hôtel sans que ce soit de ma faute. Je grince des dents quand elle mentionne Penny. Léon n'a pas mentionné que son ex était toujours là.

Sa main mince s'agite avec négligence. « Vous vous mettez dans cette situation. Vous ne pouvez pas vous retourner et pleurer à ce sujet.

Ma bouche s'ouvre devant la pure idiotie de sa déclaration. Je n'ai certainement pas demandé à être volé, ce qui a été le catalyseur du reste du désastre qui m'a frappé.

« Et bien sûr, Léon devrait t'aider. Il a toujours eu un faible pour les personnes et les animaux perdus. Il me semble cependant que vous profitez de sa bonne nature.

Son attitude sarcastique et méchante me coupe le souffle, mais sous la colère se cache un malaise. Est-ce qu'il m'aide seulement parce qu'il a pitié de moi ? Il pense que je ne peux pas prendre soin de moi ? Est-ce qu'il s'est senti désolé pour moi quand il a couché avec moi ?

La voix autoritaire de Dave résonne à nouveau dans ma tête. Nous savons tous les deux que tu es inutile, Sarah. Vous ne pouvez rien faire par vous-même. Que ferais-tu si je n'étais pas là pour réparer toutes tes conneries ?

Mon âme se ratatine et je sens mon corps se replier sur lui-même.

« C'est mon ami », dis-je d'un ton bourru, mais au fond de moi, je sais qu'on ne peut pas être ami avec quelqu'un aussi rapidement. Il se sent probablement désolé pour moi et ça fait mal. Bien plus que n'importe lequel des commentaires mordants de Dave pour une raison quelconque.

Et elle le sait. La garce me sourit. "Tu sais que j'ai raison, n'est-ce pas ?"

« Il n'est pas là pour le moment et j'ai des choses à faire. Tu devras m'excuser, dis-je avec raideur, repoussant désespérément la blessure.

Elle recule, indifférente à ma déclaration brusque. La satisfaction est inscrite sur son joli visage.

Je lui ferme la porte et m'appuie contre elle, m'affaissant contre elle, les jambes tremblantes.

"Je pense qu'il est temps que cette petite aventure se termine", je murmure en retournant prudemment vers la chambre que j'utilisais. Il est temps d'essayer de comprendre ce que je fais de ma vie. Et cette vie n'inclut aucun homme.

Mon cœur me fait mal pendant que je fais mes bagages, mon pouls s'accélère. Je n'ai jamais ressenti ça auparavant. La peur monte en moi. Peur de l'inconnu. Peur que mon passé ne fasse dérailler tous mes espoirs et mes rêves pour l'avenir.

Et la peur de quitter cette île et Léon.

Cet homme doux est entré dans ma peau et je ne peux pas m'empêcher d'imaginer ses yeux bleu cristal et la façon dont il me sourit comme si j'étais quelque chose d'important.

Je n'ai jamais vu un homme, bon sang, personne ne me regarde comme ça. C'est addictif. Mais cela ne veut rien dire non plus. C'est un homme vraiment sympa. Trop agréable de devoir gérer ma folie.

Je prends ma valise et sors par la porte, m'arrêtant dans l'embrasure de la porte, la main sur la poignée, regardant sa belle maison. Je me sentais plus chez moi ici que jamais là où je vivais avec mon mari.

Je ne l'appellerai pas ma maison parce que Dave n'a jamais été ma maison.

Je repousse la souffrance et la tristesse, habituée à cacher mes sentiments. C'est pour le mieux. Léon a une fille, un enfant qui dépend de lui. Je ferais une très mauvaise mère. Dieu sait que mes propres parents étaient si indifférents que je pense que parfois ils m'ont complètement oublié, absorbés dans leur propre petit monde. Ils n'ont jamais voulu de moi. Autrement, ils m'auraient mieux suivi. J'aurais apprécié chacune de mes réalisations. Au lieu de le remarquer à peine.

Pareil avec mon mari. Il ne voulait certainement pas vraiment de moi et je pense que si nos parents ne nous avaient pas poussés ensemble, il ne m'aurait jamais demandé de l'épouser.

Et puis il m'a rapidement oublié.

J'ai le sentiment que je n'oublierai jamais ce petit coin de paradis et cet homme magnifique aux yeux bleu glacier et au sourire affectueux qui m'a fait chavirer le cœur.

Un dernier regard autour de moi et je ferme la porte, mon cœur tremblant douloureusement dans ma poitrine. Encore une porte fermée pour moi.

Encore une journée douloureuse perdue et seule.

# CHAPITRE 13

Léon

Il y a un petit sentiment de malaise qui m'a envahi toute la journée et quand j'ouvre la porte de ma maison, je le sens palpiter dans mon ventre jusqu'à ce que j'ai l'impression qu'il me monte à la gorge. Je n'avais pas l'intention de faire un doublé, mais parfois il faut faire des choses qu'on ne veut pas faire.

J'ouvre la porte et le silence résonne autour de moi. C'est tellement vide à l'intérieur.

« Sarah ? Êtes-vous ici?" Je vérifie la cuisine et vois immédiatement qu'elle n'est ni dehors ni devant la maison.

Peut-être qu'elle est dans la chambre ou sous la douche. Je monte les escaliers à grands pas et je sens une sensation de froid et de vide se refermer autour de moi.

La maison semble vide. Depuis que j'ai rencontré Sarah, j'ai l'impression qu'à chaque minute passée avec elle, le monde me semble plus vivant et plus coloré.

Elle est calme et timide, mais il y a juste quelque chose de fort et d'incassable chez elle qui ne peut m'empêcher de me sentir attirée. Je ne peux m'empêcher de vouloir m'envelopper comme une couverture chaude, même si je la protège.

Et puis il y a le joli corps tout en courbes et la courte masse de boucles blondes qui éclatent sauvagement autour de son joli visage. Les yeux argentés chatoyants, méfiants et doux. Les lèvres parfaites qui me font la moue, me suppliant de les toucher, de les goûter, de me noyer dans son doux goût.

Je fais une pause, choqué. Je sais que je me sens attiré par elle depuis que je l'ai rencontrée. Mais pas ça. Ce n'est pas seulement le coup de pied dans ma bite qui me fait frissonner. C'est le désir affamé et nécessiteux qui surgit en moi rien que de penser à elle. Le doux désir de la protéger, de la serrer dans ses bras et de la garder à l'abri de toutes ces vieilles blessures que je vois briller dans son regard.

Le coup à la porte me fait sursauter, puis je sens l'espoir monter en moi. Peut-être qu'elle est allée quelque part et n'a pas réalisé qu'elle n'avait pas de clé.

Mais quand j'ouvre la porte, tout cet espoir s'évanouit immédiatement, me laissant étourdi de déception.

Je m'appuie contre la porte ouverte, l'empêchant d'entrer. Elle me sourit et c'est aussi froid et calculateur que ça l'a toujours été.

Cette femme a mis ma vie en désordre jusqu'à ce qu'elle décide de suivre l'un des nombreux hommes avec qui elle couchait, pour se retrouver abandonnée et seule. En rampant vers moi, elle m'a clairement fait comprendre qu'elle voulait que je revienne, mais je préférerais jouer avec les araignées tarentules plutôt que de me blottir avec elle.

"Que faites-vous ici?"

"Je pensais qu'il te manquait peut-être quelque chose."

La colère me déchire les tripes, me mettant presque à genoux. "Qu'avez-vous fait?" Je siffle.

Son sourire me donne l'impression que le diable parle de ses lèvres. Je pensais qu'elle était la plus belle femme que j'aie jamais vue. Jusqu'à ce que je la connaisse vraiment.

Et jusqu'à ce que je trouve une femme vraiment belle à l'intérieur comme à l'extérieur.

Merde! Je suis amoureux de Sarah et je ne peux pas la laisser partir! Je dois la trouver. Il faut lui faire comprendre qu'il y a aussi de la liberté dans le véritable amour. Je ne la retiendrai jamais et ne l'empêcherai jamais de vivre vraiment. Tout ce que je veux, c'est la soulever, la protéger et lui montrer ce qu'un homme qui aime vraiment une femme fait pour la protéger et garder son cœur en sécurité.

Je suis cet homme pour elle.

"Où est-elle?"

« Je lui ai dit ce que tu ne pouvais pas lui dire. Qu'elle n'a pas sa place ici. Je fais. Ma fille et mon mari ne lui appartiennent pas.

"Tu es une garce folle, Lydia. Nous ne sommes pas mariés. Nous ne nous marierons jamais. Vous avez quitté notre fille et moi il y a longtemps. Qu'est-ce qui te ramène maintenant ?

Ses joues rougirent et elle se rapproche, sa main tendue pour toucher la mienne. Je m'éloigne.

"Je pensais que nous pourrions peut-être revenir à ce que nous avions avant mon départ."

Mon front se fronce. « Qu'est-ce qui te ferait penser que je serais un jour intéressé par une relation avec toi ? J'ai déménagé il y a longtemps. Et ce n'est certainement pas vos affaires qui restent avec moi, pour combien de temps ou quoi que ce soit en fait.

"Et notre fille?" Elle souffle. Ses mains se posent sur ses hanches alors qu'elle me fait face.

«Je suis d'accord avec papa. Je ne sais pas pourquoi tu es ici mais tu n'es pas ma mère. Tu n'as jamais été ma mère et tu ne le seras jamais.

Lydia halète et regarde par-dessus son épaule. Son sourire s'effrite sous le regard dur et froid de Penny.

La fierté se bat avec la nécessité de garder les choses civiles entre Penny et Lydia. Je ne vois pas un moment où les sentiments de Penny pour sa mère pourraient changer et où elle voudrait la voir. Mais il vaut mieux ne pas fermer des portes qui auraient pu être ouvertes à un autre moment et pour une autre raison.

Ce n'est pas le cas pour moi. Rien à voir avec elle ne m'intéresse du tout.

« Comme vous pouvez le constater, il n'y a rien ici pour vous pour le moment. Peut-être qu'un jour Penny changera d'avis mais cela dépend d'elle. Quant à moi... j'ai une dame à retrouver. Vous pouvez vous voir.

Je ferme la porte au nez et Penny me regarde. "Est-ce que tu l'aimes, papa?"

Je hoche la tête, un immense sourire se dessinant sur mon visage. "Je fais. Je fais vraiment." Mon sourire disparaît et je gémis. "Et maintenant, je dois la retrouver avant qu'elle ne parvienne à quitter cette île sans savoir ce que je ressens pour elle."

"Allez! Allez! Allez! Je vais rester à la maison ce soir. Ramenez-la à la maison. Elle m'embrasse sur la joue et rit, ses yeux pétillants. « Assurez-vous simplement que je n'ai pas à vous voir vous embrasser. C'est dégoutant!"

Je la jette sous son petit menton et me précipite vers la porte. Dès que je frappe la portière de ma Jeep, je m'arrête et mon cœur se serre. Je ne sais pas où la trouver.

Mais j'ai son numéro de téléphone et l'hôtel où elle séjournait. Peut-être qu'elle y est retournée. Son avion ne décolle pas avant quelques jours. J'espère qu'elle n'a pas reprogrammé son vol ou je ne sais pas ce que je vais faire.

Mais je ne la laisserai pas partir. Pas pour rien. Je vais la retrouver et si je dois la menotter jusqu'à ce qu'elle comprenne à quel point je tiens à elle, je le ferai.

En serrant les dents, je me place sur mon siège conducteur. «Attends, petite fille. Je vais te trouver et te ramener à la maison.

# CHAPITRE 14

Sarah

La chambre d'hôtel est tout aussi déprimante et vide de toute personnalité que lorsque j'ai séjourné ici auparavant.

Ma carte est arrivée aujourd'hui, j'ai donc pu facilement me réenregistrer. Au moins un jour environ avant mon arrivée.

C'était la partie facile. Le plus dur est de me convaincre que je dois quitter Léon. Cette partie est vraiment nulle.

Mais si son ex veut qu'il revienne et qu'ils parlent, alors il est probablement préférable que je sorte d'ici le plus vite possible avant de me convaincre de faire quelque chose de fou. C'était comme retourner en courant vers cette maison et me jeter sur lui alors qu'il se tenait là, abasourdi et se demandant ce que je fais. Parce que je sais qu'il m'aime bien et que le sexe était incroyable... mais il ne veut pas de moi pour de vrai. Il voulait juste mon corps. Je ne vaux vraiment rien pour personne. Les larmes me montent aux yeux alors que je regarde aveuglément par la fenêtre les couples qui se promènent sur la plage. En chassant mes larmes, je peux voir qu'ils ont tous l'air si heureux et si perdus les uns dans les autres. Même ceux qui ont des enfants sont visiblement toujours amoureux et vivent leur meilleure vie.

Je ne suis pas sûr de ce qu'il faut pour l'obtenir, mais je suppose que je ne l'ai pas parce que mon mariage m'a montré exactement ce que je valais. Pas beaucoup.

Je sursaute quand quelque chose frappe la porte. Dur. L'espoir monte dans ma poitrine, m'étrangle pratiquement, m'arrête net. Pourquoi diable est-ce qu'il me manque autant ? Je ne le connais même pas très bien.

Je cligne des yeux puis je crépite sur le sol, regardant par le judas dans le couloir et ne trouvant rien que je puisse voir. J'ouvre lentement et prudemment la porte et jette un coup d'œil dehors, confus quand je ne remarque rien du tout.

"Je suis vraiment désolé pour ça." Je sursaute en criant quand la femme de l'autre côté du couloir apparaît, tenant la main d'un garçon de six ans. « Mon fils s'entraînait au football et il a frappé à votre porte. Je lui ai dit qu'il n'était plus autorisé à faire ça à l'intérieur.

Je souris, essayant de rendre les choses moins sombres que je ne le pense. « Ça va. Pas de mal." Juste pour mon foutu cœur plein d'espoir.

Je souris à nouveau et ferme la porte, glissant sur la surface jusqu'au sol, mes jambes caoutchouteuses, mes yeux fermés.

Je m'appuie contre la porte et soupire lourdement, les larmes me bloquant la gorge. Je ne veux pas partir. Je ne veux pas lâcher Léon, peu importe ce que disent ma stupide tête et son odieux ex. Il me manque tellement que ma poitrine ressemble à une de ces couvertures de plomb qu'on vous met pour vous protéger des rayons X. Lourd, douloureux, malade.

Je tombe sur le côté sur le sol et je sanglote, douloureux, désireux, complètement détruit. Je l'aime. Cela semble impossible. Trop tôt, trop nouveau. Mais j'ai mal de voir ses yeux bleus glacés pétiller de rire. L'excitation et l'amour pour sa maison, sa fille.

Même si Dave m'a dit à maintes reprises les pires choses au monde, rien de tout cela ne fait autant de mal que de savoir que Leon n'est pas à moi. Il ne pourra jamais être à moi et je l'aime désespérément, désespérément.

Stupidement.

Me levant en chancelant, je me jette sur le lit et me laisse glisser dans le réconfort d'un sommeil profond. Où rien ni personne ne peut me faire ressentir quelque chose que je ne veux pas ressentir.

Boum, boum, boum !

Je gémis et m'assois, mes yeux toujours gonflés et douloureux à force de pleurer jusqu'à ce que je n'ai plus rien à donner. Je les frotte et trébuche sans voir jusqu'à la porte, jurant dans ma barbe quand je me cogne mon foutu orteil contre le côté de la commode lorsque mon chemin tourne dans la mauvaise direction.

« Ce foutu gamin ferait mieux d'espérer que je ne l'attrape pas avec cette foutue balle. Je ne peux pas croire que sa mère l'ait encore laissé sortir. Je grimace et finalement je boite jusqu'à la porte.

Je suis encore en train de marmonner le dernier mot quand j'ouvre la porte et que ma mâchoire tombe sur mes pieds, mon cœur battant si fort qu'il a l'impression qu'il est sur le point de s'envoler hors de ma poitrine.

"Léon?" Je murmure, mon corps déchiré par le besoin de me jeter sur lui et de m'accrocher à lui comme un bébé koala sur sa maman.

Mais je ne peux pas faire ça. Il est avec elle.

Mais je ne suis pas sûr que mon cœur ait compris le mémo. J'aspire l'air comme un poisson hors de l'eau et je reste bouche bée.

Ses lèvres fermes se lèvent lentement en un demi-sourire, comme le soleil se lève sur les eaux autour de l'île le matin. "Vas-tu m'inviter à entrer, pua ?"

"Euh...". Je ne peux pas penser. Mais je ne peux pas l'inviter à entrer. Je ne suis pas assez fort pour le mettre à la porte à nouveau. Je secoue la tête et il fronce les sourcils.

"Pourquoi pas ?"

"Elle", je force à travers mes lèvres gelées et il gémit et passe ses mains dans ses cheveux.

"Pas de problème", grogne-t-il dans sa barbe et ouvre grand la porte, me poussant doucement pour fermer la porte.

J'ai l'impression que tout l'air est aspiré hors de la pièce et pourtant j'ai l'impression de pouvoir enfin respirer à nouveau. Son parfum, ce parfum glorieux qui est pleinement lui, dérive devant mon nez alors qu'il s'approche de moi et que ses grandes mains attrapent mes épaules. Je halete et combats le besoin qui surgit comme une chose sauvage en moi.

« Tu ne peux pas être ici, Léon », je murmure, ma voix étant un son traître et essoufflé.

« Elle te mentait, chérie. Je ne suis pas avec Lydia. Je ne l'ai pas vue depuis longtemps et je n'ai aucune idée de pourquoi elle a fait ce coup en ce moment. Juste une coïncidence peut-être. Ou peut-être que quelqu'un a mentionné que j'avais enfin trouvé quelqu'un qui me rendait heureux et qu'elle ne pouvait tout simplement pas le supporter. Je ne sais pas." Il se penche et je retiens mon souffle tandis qu'il me murmure à l'oreille, des frissons dansant le long de ma colonne vertébrale. « Tout ce que je sais, c'est que la seule chose que je veux, c'est toi. La seule femme dont j'ai besoin est ici avec moi et je ne peux pas te laisser partir, Sarah. Je pensais que je pourrais te laisser partir, être libre et vivre tous ces fantasmes fous que tu gardes enfermés dans ta prison depuis que tu es avec lui, » sa voix est tendue et contrôlée, presque en colère, « mais je ne peux pas. . Je ne peux pas te laisser partir et si tu le fais, je pars avec toi. J'ai besoin de toi, petite fille. J'ai tellement besoin de toi que ça fait mal.

«J'ai aussi besoin de toi», je murmure d'une voix brisée. "Mais et si je te rendais fou avec toutes mes petites bizarreries et les choses que je fais. Avec toutes mes peurs et mes souvenirs.

Il me tire et mes cheveux volent vers mon visage, m'aveuglant, mais j'entends la fureur dans sa voix et je devrais être terrifiée. Je sais où cela mène avec les hommes.

Mais je ne suis pas. Un calme étrange s'installe sur moi. Je ferai toujours confiance à cet homme.

"Je ne suis pas ton mari, pua." Mon clitoris palpite à cause de la passion et de la colère dans sa voix. Putain ! Pourquoi est-ce que ça m'excite ? « Est-ce que je pense que tu ne me rendras jamais fou et que nous ne nous disputerons jamais ? Sûrement pas! Mais je sais vraiment que je ne te ferai jamais de mal. La vérité est dans ses mots, dans ses magnifiques yeux bleu glacier quand il me regarde comme si j'étais une déesse. Un ange envoyé du ciel. "Je ne peux pas vivre sans toi, bébé." Il prend une profonde et lourde inspiration. "Donc, si vous avez besoin de quitter cette île, de voyager vers une destination exotique pour réaliser vos fantasmes et prendre le contrôle de votre vie, pour guérir... alors c'est ce que je ferai."

Ma mâchoire s'ouvre et je le regarde. « Mais... mais qu'en est-il de Penny ? Elle est toujours à l'école.

«Je lui ai parlé. Elle comprend. Si c'est pendant l'été, nous l'emmènerons et elle apprendra quelque chose de nouveau, elle explorera le monde. Mais si c'est pendant l'année scolaire, elle restera avec quelqu'un. Pas sa mère ! Aucun de nous ne veut ça », marmonne-t-il dans sa barbe.

Les larmes coulent sur mes joues. L'amour illumine son regard bleu glacier, le réchauffant au bleu ciel et je me fond en lui, en lui, mes bras l'entourant. Sanglotant doucement, emmêlant mes doigts dans son t-shirt doux, le tenant désespérément contre moi, je respire l'essence de cet homme.

« Je t'aime, Léon. Je ne devrais pas le faire pour de nombreuses raisons, la principale étant que c'est trop tôt et que je devrais être mieux informé. Mais je ne peux pas respirer quand je suis loin de toi. Partir m'a presque tué, mais je veux te rendre heureux, je veux te voir sourire. Reniflant dans sa chemise, je grimace, sachant que je laisse probablement des traînées de larmes et de morve, mais il se contente de rire doucement, levant mon menton, ses lèvres chaudes effleurant les miennes, s'accrochant légèrement, doucement.

"Ce qui me rend heureux, c'est toi."

Mon cœur bat à tout rompre et je m'enfouis dans son corps chaud, mes doigts traçant les muscles à peine cachés par sa fine chemise. Mon souffle est plus difficile lorsque je sens son érection me piquer le ventre. Il gémit dans sa barbe.

"Tu vas me tuer ici, petite fille", grogne-t-il brutalement et je continue de tracer ses abdominaux, laissant mes doigts parler à ma place.

« Dis-moi que tu ne vas pas me quitter. Dis-moi que tu es à moi et même si nous ne nous marions pas, tu seras toujours à moi.

"Tu ne veux pas m'épouser?" J'essaie de me retirer mais il me serre fort contre lui.

«Je t'épouserais sans hésiter. Mais je ne pense pas que tu sois prêt après ton premier et j'attendrais éternellement de t'avoir comme mien. Je te donnerais tout pour t'avoir comme mien. Il se penche et embrasse doucement ma mâchoire, traînant des baisers jusqu'à mon oreille et me laissant essoufflé, tremblant intérieurement. La terre bouge autour de moi et je penche la tête, le laissant pénétrer dans tous mes espaces sombres et effrayés. "Mon cœur est à toi et il le sera toujours, bébé. Je suis à toi, cœur, âme, corps. Chaque centimètre de moi est tatoué de ton nom jusqu'aux os. Mais si tu ne peux pas faire ça, si tu ne parviens jamais à m'épouser, cela n'a pas d'importance. Je n'en ai pas besoin, la seule chose que j'ai besoin de savoir, c'est que tu es à moi.

Je recule et soulève ma chemise par-dessus ma tête, regardant ses yeux bleus s'enflammer de désir alors qu'il boit dans mon corps nu, mes seins se resserrant et me faisant mal. « Je suis à toi, cœur, âme, corps. Toujours."

Il gémit et s'avance. "Alors c'est tout ce dont j'ai besoin."

Mais ce n'est pas. Ses grandes mains glissent de haut en bas sur mes bras et des frissons dansent sur ma peau partout où ses doigts dansent.

«J'ai tellement besoin de toi, Léon. S'il vous plaît," je supplie, je rejette la tête en arrière, mes boucles volent, mon besoin augmente jusqu'à ce que je me fasse mal, palpitant de luxure et de désir tendu.

Il gémit durement et sa tête penche, ses lèvres trouvant mes tétons, s'enroulant autour de l'un et le tirant, le ratissant avec ses dents tandis que ses gros doigts agiles tiraient durement sur l'autre.

Haletant, je m'avance sous son contact, ayant besoin de douleur, avide de plaisir pour m'ancrer. Mes doigts plongent dans ses cheveux doux, s'emmêlent et tirent. Il grogne plus fort et sa main libre descend pour caresser ma chatte à travers mes vêtements.

« Tu as besoin de moi aussi, n'est-ce pas, mon ange ? J'ai besoin de moi pour que tu te sentes bien.

Hochant frénétiquement la tête, je griffe sa chemise, l'arrachant par-dessus sa tête avec son aide. Ses yeux sont un simple anneau de flammes bleues et ses pupilles ont dépassé le bleu, le repoussant comme la nuit réclame le bleu brillant du ciel.

Il grogne à nouveau, la faim lui tendant la peau, ses pommettes si pointues qu'il pourrait couper du verre.

"J'ai besoin de toi, Sarah."

« Alors emmène-moi. Je suis à vous. Pour toujours."

Je frémis quand il enlève le reste de mes vêtements mais laisse son pantalon. Je me sens exposée, ouverte à lui pendant qu'il reste tel qu'il est, me repoussant jusqu'à ce que mes genoux touchent le dos du lit.

"J'ai besoin de te goûter." Le grognement impie fait palpiter mon clitoris. L'humidité peint mes cuisses et je soupire alors qu'il me repousse, écartant mes jambes pour lui permettre de se relever, ses épaules me gardant écartées. J'essaie de fermer mes jambes mais il ne me le permet pas.

"Non. J'ai besoin de voir ce qui est à moi. J'ai besoin de te goûter à nouveau. Je meurs d'envie de goûter à ce doux miel.

Frémissant, je sursaute lorsque ses grandes mains me poussent plus largement et je sens la chaleur de son souffle sur mes cuisses, ses lèvres m'embrassant doucement.

Il est tellement contradictoire. Si doux et fort. Dur mais doux. Doux mais rugueux. Tremblant, je regarde sa tête dorée foncée se rapprocher jusqu'à ce que je sente son souffle sur mes lèvres inférieures, ses doigts écartant légèrement mes plis jusqu'à ce que j'ai l'impression que son souffle chaud est sur mon âme.

Sa langue sort et tapote mon clitoris et je sursaute en couinant. Il grogne puis il se jette sur moi, ses lèvres, ses dents et sa langue me fouettant comme un animal sauvage. Se régaler de moi comme s'il n'en avait jamais assez.

Sa langue s'enfonce dans mon corps et je frissonne, me cambrant sous son contact, ayant besoin de quelque chose, de n'importe quoi en moi. J'ai besoin de lui.

Mon corps s'enroule à l'intérieur et j'ai du mal à l'atteindre mais il écarte mes doigts agrippants en grognant.

Sauvage et affamé, il me mange comme un festin à emporter et je m'effondre, mon âme se fracturant. Rejetant ma tête en arrière, je crie alors que je m'écarte sur sa bouche, toute ma tension s'échappant de moi alors qu'il draine mon jus jusqu'à ce que je retombe sur le lit, aveugle, haletant et frissonnant et plus heureux que je ne l'ai jamais été.

Il se lève et je le regarde, repu et à moitié endormi de plaisir, le regardant se déshabiller par saccades.

"Je n'en ai pas encore fini avec toi."

Dieu merci.

# CHAPITRE 15

Léon

"Putain tu es belle !"

Rougissante, ses yeux scintillant d'un feu argenté, tout son corps peint d'une délicate teinte rose, elle est la plus belle chose que j'ai jamais vue. Pelé, éclairée de l'intérieur par un feu différent de tout ce que j'ai jamais vu, elle brille de vie.

Ses boucles blondes crépitent d'énergie et elle vibre de sa libération. Je rampe sur elle et mes mains encadrent ses joues, mon corps touchant à peine le sien, tenu par mes coudes.

Je bois son feu, sa force vitale. Elle en est vivante, tremblante, se cambrant à nouveau vers moi, des cris de besoin arrachés de la fine colonne de sa gorge.

Ses yeux sont fixés sur les miens, ses cils sombres battant sauvagement. «Je suis tout à toi et tu es tout à moi. Dis-le, ma petite déesse.

"Je suis à toi et tu es à moi", gémit-elle, luttant pour pousser ses hanches vers moi, avide de son besoin.

Je grogne et pousse mes hanches vers elle, la regardant se fermer les yeux. "Ouvre et regarde-moi ou j'arrête de te toucher."

Ses yeux s'ouvrent et j'aligne ma bite avec son entrée, ajustant sa fente à ma longueur douloureuse et lentement, doucement, poussant à l'intérieur de sa chaleur lisse. Son jus s'accumule autour de moi, recouvrant ma longueur d'acier jusqu'à ce que je sois facilement attiré à l'intérieur d'elle, haletant sous sa chaleur humide. Je sens ses murs trembler autour de moi et je me tiens immobile, une main tenant toujours sa douce joue.

"Tu te sens putain de parfaite, Sarah." J'ai l'impression d'avoir trouvé ma moitié, la partie de moi qui a manqué toute ma vie.

Ses yeux sombres me regardent. « Bouge, Léon. Je suis tout à toi. Prends-moi, réclame-moi.

En gémissant, je m'enfonce en elle et je sens ses murs s'ouvrir pour moi encore et encore, sa chaleur m'accueillant chez moi.

Je nous retourne pour qu'elle soit au-dessus et elle se fige, ses dents s'enfonçant dans sa lèvre. « Je veux que tu revendiques ce qui t'appartient, pua. Possède-moi. Tiens-moi dans ta chatte serrée et suce-moi à sec.

Ses joues rougirent mais son regard vif-argent s'éclaira. Mes mains guident ses hanches mais elle prend le relais et ses larges hanches tournent, aspirant le souffle de mon corps. Ses gros seins tremblent et frémissent alors qu'elle rebondit sur ma bite, son corps se resserrant jusqu'à ce que je puisse à peine bouger en elle.

"Oh mon Dieu!" Elle crie, ses mains frappant ma poitrine alors qu'elle tombe en avant, sa chatte flottant contre ma circonférence d'acier.

Sans manquer un battement, je nous retourne en arrière et je rentre en elle, en poussant plus vite, plus fort, plus profondément. Enroulant mes doigts dans ses boucles douces et argentées et les enroulant dans mes poings, je regarde son visage, sa bouche s'ouvrir, son corps se tendre à nouveau.

"Reviens me chercher", je grince entre les dents serrées, luttant pour garder mon propre orgasme à distance. Ma colonne vertébrale me brûle, mes couilles sont si serrées que c'est comme si elles essayaient de ramper à l'intérieur de moi. Mais je serre plus fort, je pompe plus vite, jusqu'à ce que je sente son corps palpitant se resserrer autour de moi.

"Oui!" Elle crie et je serre mes lèvres sur les siennes, buvant ses cris, alors même que mon corps frémit et que des jets de sperme peignent ses murs alors que je me désagrège en elle.

Je tombe sur elle et roule, la tirant fermement contre moi, le souffle coupé, le cœur battant dans ma poitrine.

Je l'embrasse sur la joue et elle soupire dans ma poitrine, son souffle léger comme une plume, chaud comme son cœur battu.

«Je t'aime, pua. Toujours et pour toujours. Je m'en fiche si tu n'as jamais mon nom, c'est à toi de décider, mais là où ça compte, tu seras toujours à moi et je serai toujours à toi.

"Un jour, je dirai peut-être oui, tu sais", rigole-t-elle.

« Et je traînerai ton joli cul devant un juge de paix le même foutu jour. Mais c'est votre choix. Ce sera toujours votre choix. Je ne peux pas vous enlever ce contrôle. Je veux que vous soyez propriétaire de votre vie, de votre amour et de votre cœur comme vous auriez toujours dû l'être. Personne ne devrait vous dire quoi en faire.

Son mari lui a enlevé tout contrôle. Toute sa voix dans leur relation. Je ne lui priverai pas d'une seconde chance.

Elle pousse sur ma poitrine, ses doigts minces traçant paresseusement mes côtes, enroulant les poils clairs sur ma poitrine. Ma bite se branle et je gémis.

"Qu'est ce que tu es entrain de me faire?"

«Je t'aime. Comme je le ferai toujours. Ses lèvres touchent les miennes et mon cœur s'installe dans ma poitrine.

"Pareil, bébé... pareil."

Sa tête descend jusqu'à ma poitrine et ses yeux se ferment, des cils noirs posés sur ses joues, des lèvres meurtries entrouvertes, respirant légèrement jusqu'à ce qu'elle s'endorme.

Je caresse ses boucles douces, sa peau soyeuse et la regarde, stupéfaite, plus reconnaissante que je ne l'ai jamais été de ma vie.

Cette belle déesse m'aime. Avec tous ses horribles souvenirs et ses années perdues avec ce salaud, elle m'aime toujours, espère quelque chose de mieux.

Et je vais lui prouver chaque jour qu'elle a fait le bon choix. Que je ferai en sorte que chaque jour soit parfait pour elle, que je lui soumette chaque espoir et chaque rêve jusqu'à ce qu'elle soit si heureuse qu'elle ne puisse plus arrêter de sourire. Et puis je me réveillerai le lendemain et je recommencerai. Pour le reste de notre vie, elle ne manquera jamais de ce que je peux lui donner et elle saura qu'elle est aimée.

Si la maison est là où se trouve le cœur, le mien sera toujours avec elle. Elle est chez moi.

# Épilogue

Sarah

Je n'aurais jamais pensé que je serais ici. Avec la brise chaude de l'île qui souffle dans les arbres au-dessus, une douce musique de ukulélé en fond sonore et des dizaines de nos amis et de notre famille qui me regardent en souriant. La robe rose tendre flotte autour de moi au gré de la brise et des fleurs décorent mes cheveux en une couronne parfaite.

Un sourire joyeux dessine mes lèvres alors que Penny saisit la main de sa petite sœur et me la fait signe avec un sourire. La petite Ginger bavarde joyeusement, ses boucles blondes foncées ébouriffées et ses grands yeux bleus comme ceux de son papa qui regardent autour d'elle avec émerveillement.

Mes deux filles. Penny n'était peut-être pas mienne à la naissance, mais elle m'appartient à tous les autres égards. Je suis complètement enveloppé dans ma famille depuis que je suis rentré chez moi avec Léon le jour où il est venu me chercher. Je l'ai regardée surfer, je l'ai vue traverser son premier chagrin et je me suis assuré qu'elle savait qu'elle en ressortirait plus forte de l'autre côté.

Mes yeux pleurent quand je vois le jeune homme à ses côtés. Son nouveau meilleur ami, Sam. Ils sont unis à la hanche depuis qu'il a emménagé ici pendant sa dernière année et je sais qu'ils redoutent d'aller à l'université et de se perdre, mais à en juger par le regard dans les yeux de Sam, il n'ira pas loin et il reviendra à la maison. pour elle un jour.

Mais mes yeux ne s'éloignent pas longtemps de mon fiancé. Léon est vêtu d'une chemise et d'un pantalon blancs doux et fluides, sa poitrine large et forte, sa tête haute, son regard bleu chaud fixé sur moi alors que je m'avance et marche dans l'allée.

Je n'aurais jamais cru que j'arriverais ici. Je n'aurais jamais pensé que je voudrais me remarier. Mais Léon m'a fait changer d'avis.

Mon homme vit pour me rendre heureuse et la dernière fois qu'il me l'a demandé, j'ai dit oui, nous surprenant tous les deux.

Mais j'ai refusé le juge de paix. Je veux que le monde entier sache que je l'ai revendiqué et qu'il est à moi. C'est pareil pour lui. Il veut tatouer sa revendication sur mon corps s'il le peut.

C'est la meilleure chose à faire.

Je m'arrête à côté de lui et lui tends la main, souriant quand il m'attire contre lui et que l'officiant soupire.

« Tu n'es pas censé faire ça pour l'instant », réprimande-t-il gentiment.

"Regarde-la et dis-moi que tu ne voudrais pas la serrer aussi fort que possible pour qu'elle ne puisse pas s'échapper", grogne Léon.

Tout le monde rit, moi y compris. "Je ne vais nulpart."

« C'est une bonne chose parce que je me contenterais de te suivre. Jusqu'au bout du monde. »

« Commençons, Léon. J'ai des projets pour toi ce soir.

Le ministre tousse et rougit. "Bien. Bien-aimés... »

Je lève les yeux vers le regard bleu de Léon, perdu dans sa chaleur et son amour, répétant les lignes automatiquement, à peine conscient quand il les répond, sentant juste l'air changer autour de nous, chargeant lorsque le ministre prononce les derniers mots. et Léon me serre fort contre lui.

"Tu es à moi maintenant. Tu ne peux pas t'éloigner de moi.

Souriant sur ses lèvres quand il m'embrasse, je ris. "Toi non plus."

Et ses lèvres réclament les miennes, buvant profondément mon gémissement, sa langue dansant avec la mienne, mon gros ventre se pressant contre lui, notre petit garçon donnant des coups de pied à son papa comme une chose sauvage.

J'ai enfin trouvé la famille que j'ai toujours voulue, rêvée et espérée.

Léon lève la tête et le sourire familier sur ses lèvres donne des ailes à mon cœur.

"Je vous aime, Mme Marsden." Des frissons me parcourent le dos quand il dit cela. Me réclame comme ça.

"Je vous aime aussi, M. Marsden."

J'ai aussi pris ma vie. C'est mon avenir, c'est mon rêve. Ma famille est l'espoir d'une vie meilleure que celle que j'aurais jamais imaginé avoir.

Léon rit et me soulève, me portant dans ses bras, me gardant toujours en sécurité et m'aimant.

M'envelopper dans sa chaleur, chaque jour de ma vie. Et m'aime toujours.

De la même façon que je l'aime. Pour le reste de notre vie. Et au-delà.

# Don't miss out!

Visit the website below and you can sign up to receive emails whenever Père Lolo publishes a new book. There's no charge and no obligation.

https://books2read.com/r/B-A-WAWIB-YPEHD

**BOOKS 2 READ**

Connecting independent readers to independent writers.

Did you love *La Déesse de l'île*? Then you should read *Ma Violente Valentine*[1] by Père Lolo!

[2]

"Ma Violente Valentine" est un thriller captivant qui plonge le lecteur dans un monde sombre et intriguant.

L'histoire suit un couple, Brian et le narrateur sans nom, alors qu'ils naviguent dans leur routine matinale, révélant des indices sur leur relation inhabituelle et potentiellement dangereuse. L'humour sarcastique et l'obsession de Brian pour le film "Un jour sans fin" ajoutent une touche intrigante à l'histoire, suggérant que leur vie pourrait être une série de modèles complexes.

Alors que l'histoire se concentre sur leur routine matinale et leur fascination partagée pour la prédiction du jour de la marmotte, il y a un sentiment sous-jacent de danger et de mystère, laissant les lecteurs

---


1. https://books2read.com/u/4jM962

2. https://books2read.com/u/4jM962

intrigués et désireux d'en savoir plus sur ce couple intrigant et leur histoire violente.

# Also by Père Lolo

Échos de passion
Une épouse pour un milliardaire
Le Passager Clandestin
Mauvais avec l'amour
Steve du Nouvel An
Ma Violente Valentine
La Déesse de l'île
Réclamer sa Propriété

www.ingramcontent.com/pod-product-compliance
Lightning Source LLC
Chambersburg PA
CBHW072034150726
47999CB00002B/913